Wolfgang Schreyer

Das Kurhaus

VERLAG 35

Das Ahrenshooper Kurhaus, Baujahr 1970, war einst begehrtes Urlaubsziel. Seit neun Jahren verfällt es zur gespenstischen Ruine. Die will der Eigner durch ein Grand Hotel ersetzen, wie es das Dorf noch niemals kannte. Wird es jetzt zum Modebad, zum Sylt des Ostens werden?
Wolfgang Schreyer, seit langem hier ansässig, blickt zurück auf die Künstlerkolonie, auf das alte Kurhaus, seine Gäste und deren skurrile Geschichten. Der heutige Streit, genau erzählt, füllt diesen packenden Bericht mit Zeitgeist: Wie meistert man das Leben und findet auch sein Glück? Eine besinnlich-amüsante Story mit noch immer offenem Schluß.

Wolfgang Schreyer

DAS KURHAUS

Erzählung

MV Taschenbuch

Titelbild: Robert Schreyer
Texterfassung und Vertrieb: Büro + Service GmbH Rostock
Herstellung: sickinger DIGITAL&OFFSETDRUCK, Satow

ISBN 3-89954-014-X

Obwohl, dem Sprichwort entgegen,
das Geld nicht auf der Straße liegt,
gibt es Menschen, die's finden.

Erich Kästner

Bereichert euch!

Louis-Philippe

Der Reichtum gleicht dem Seewasser:
je mehr man davon trinkt,
desto durstiger wird man.

Arthur Schopenhauer

1

Das Theater in Anklam, eine GmbH mit mehreren Spielstätten, hatte mich für zwei Abende verpflichtet. Der Chefdramaturg schrieb mir, er schätze mein letztes Buch. Mich wiederum hatte sein Schneid bei den Vineta-Festspielen des Städtchens Barth verblüfft: ein Auftritt, der fast vergessen ließ, daß Vineta früher nie im Barther Bodden, sondern vor Usedom oder auch vor Wollin vermutet worden war. Übrigens hieß er Piet Oltmanns, recht passend zur Legende; in Maske und Gestik, ja selbst vom Wuchs her gab er den Recken im Lederwams mit Bravour.

Ich fuhr also hin und las dort aus meinen Erinnerungen, schon diesem Haus zuliebe. Von einem Hamburger Magazin nämlich war es übel beschmutzt worden. Dessen Mann hatte sich nicht einmal geschämt, den Namen des rührigen Intendanten – Bordel – billig zu bewitzeln. Daß der Reporter für sein Zeug auch noch den 91er Egon-Erwin-Kisch-Preis zweiter Klasse bekommen hatte, war wirklich die Krone. All das lag zwar schon elf Jahre zurück, doch wir Ostdeutschen, vor derlei Arroganz solidarisch, vergessen so bald keine Kränkung.

Am Ende des Abends galt es wie immer, ein paar Bücher zu signieren. Auch war der übliche Eintrag im Gästebuch fällig – ein Zwang, der mich an Tucholskys Seufzer denken ließ: Er fühle sich, so gedrängt, stets wie jemand, der ins WC gesperrt wird, ohne zu müssen. Da kein würdiger Satz mir einfiel, schrieb ich: „Einen Autor mögen und ihn persönlich kennenzulernen ist wie Gänseleber mögen und die Gans persönlich kennenzulernen". Der Chefdramaturg, zuständig für den Ablauf, blieb so gefaßt wie beim Untergang Vinetas, der sündigen Stadt.

An seinen Platz rückte eine junge Dame, sehr adrett und mir wohlgesinnt. Sie hatte ganz vorn gesessen, mehrfach zustimmend genickt und mit hilfreichen Fragen die Diskussion belebt. Ihr folgte als Letzter ein junger Mann, hellblond, unruhig wippend und ein Büchlein in der Hand, das keins der meinen war. Und während die Dame, von der ein zarter Duft ausging, sich als angehende Historikerin zu erkennen gab, argwöhnte ich, ihr Hintermann werde mir gleich ein eigenes Werk aufdrängen. Womöglich seine Memoiren, die dann zu lesen sich kaum verweigern ließ.

Die Memoiren? Nein, dazu war er zu jung; ich schätzte ihn auf höchstens dreißig. Eher wohl Lyrik, es schien ja ein dünner Band zu sein. — Seit man bei uns Bücher selbst edieren, wenn auch nicht in nennenswerter Zahl verkaufen kann, mehren sich solche Wünsche. Natürlich lese ich die Texte, oft sind sie voller Lebensmaterial. Verdrießlich aber bleibt es, sie zu begutachten oder dem Verfasser gar Ratschläge zu geben, die ihm schwerlich nützen; hat er doch meist anderes im Sinn. Er sucht Ermutigung, Anerkennung – darin unterscheidet er sich von den Profis nicht.

Mein Denken irrte ab, infolge der ganzen Belastung. Mich beschlich das Gefühl, die Übersicht zu verlieren. Anstatt der Studentin zuzuhören, schielte ich zu dem Büchlein in ihres Nebenmanns Hand. Eine Broschüre eigentlich, in warmem gelbbräunlichem Einband – Chamois, so hieß der Farbton in der Fotokunst früherer Jahre. Da sagte die Historikerin: „An Ihrer Autobiographie, Herr Woelk, hat mir imponiert, daß Sie zugeben, für manches offen gewesen zu sein: bereit zur Anpassung, damals vor fünfzig Jahren. ‚Leitet einen, der Schriftsteller sein, also nach oben will, noch der Charakter, die Überzeugung, oder einzig die Situation?‘ So steht's bei Ihnen, und man liest das nicht alle Tage. Wir sind hierzulande im Verdrängen recht geübt, uns der eigenen Neigung zum Mitläufertum kaum noch halbwegs bewußt.“

„Nun, was meinen Opportunismus betrifft“, sagte ich in dem Empfinden, ihr Charme dämpfe das akademisch Präzise ihrer Rede, „als Neuling im Beruf will man doch Fuß fassen, und das heißt zunächst mal, sich zu arrangieren.“

„Weil das ganze Leben Arrangement ist und Einordnung fordert?“

„Schon, doch in Maßen. Auf das Maß kommt es an. Schließlich muß man sich selber treu bleiben. —“ Wie mich bloß ihrem Zugriff entziehen? „Später, wenn da Erfolg kam, hat man sich freigeschrieben. Da lockte es mehr, den eigenen Kopf durchzusetzen und abzuweichen vom Parteikurs – oder vom Mainstream des politisch Korrekten, wie das heute heißt.“

„Sie meinen, die Kunst lebt von Tabuverletzung?“

„Von Unabhängigkeit. Zensur, und ebenso der Drang nach Verkäuflichkeit, beides sind Fesseln, die sie abstreifen muß.“

„Das heißt, sie geht nicht mehr nach Brot?“

Etwas in mir verspannte sich. Das wurde uferlos, jede Frage zog bei ihr die nächste nach. Zwar war sie so fair gewesen, mir erst jetzt damit zu kommen; dennoch schien sie dabei, mich mattzusetzen. Bisher war ich ganz gut über die Runden gekommen, alles weitere ging über meine Kraft. — Immerhin, sie merkte es wohl und ließ nach ein paar Floskeln taktvoll von mir ab.

Der Jüngling rückte nach, und zwar mit dem merkwürdigen Eifer, ja der Aufdringlichkeit des eigentlich schüchternen Menschen. Er gab mir ein Kärtchen, das ihn als Partner der Firma *Hinrichs + Labusch* auswies, ein Consulting-Büro. Es hatte etwas mit Firmenberatung und Werbung zu tun, die Sache war zu verzwickt für den Moment des Aufbruchs. Dabei zögerte Hinrichs, mir sein Werk zu unterbreiten, obgleich ihn ein Schulterzucken plagte, als Spannungssignal. Es war beklemmend; all sein Gerede diente nur der Anbahnung dieses unvermeidlichen Aktes.

Endlich schob er mir das Büchlein zu. „Unser letztes Produkt", sagte er bescheiden, gar nicht forsch wie ein Werbemann. „Der Versuch, die Story eines altehrwürdigen Hotels in Wort und Bild zu fassen. — Würden Sie wohl, morgen in Zinnowitz, mal einen Blick hineintun? Und mir eventuell später, vor oder nach Ihrem Vortrag in der ‚Blechbüchse' dort, unverblümt Ihre Meinung sagen?"

Auch Hinrichs sah mir das Erschlaffen durch Reizüberflutung an. Also drang er nicht weiter in mich, sondern ging mit einer knappen Verbeugung, die immerhin Respekt spüren ließ.

2

Zinnowitz galt als Kaiserbad. Ein paar Kurorte auf Usedom und Rügen nennt man wieder so, obschon Wilhelm II. kaum dort abgestiegen war. Der zog Kreuzfahrten ins Nordmeer oder zur georgischen Schwarzmeerküste vor. Deutschlands Zukunft freilich lag für ihn „auf dem Wasser", auch den Spruch vom „Platz an der Sonne" hatten Majestät geprägt (oder Ihr Reichskanzler v. Bülow). Nein, da schien bloß die Belle Epoque, die Glanzzeit der Reichen und Hochgestellten gemeint.

Mein erster Besuch in Zinnowitz, ach, das war 51 Jahre her. Damals hatte uns der Vermieter erzählt, dies sei mal das Seebad der Deutschnationalen gewesen. In Bansin habe der Kleinadel vorgeherrscht, in Heringsdorf die Juden und in Ahlbeck das restliche Bürgertum Berlins. — Man war offenbar gern unter sich gewesen.

Nach Morgenbad und Strandbummel bis zu den Türmen von Schwabes Hotel, das einst den Peenemünder Stab um Wernher von Braun beherbergt hatte, legte ich in meiner Pension die Füße hoch und vertiefte mich in das Büchlein. Hinrichs Partner Labusch zeichnete als Autor, er hatte es schlicht „Eine Chronik“ genannt. Schon das hob sich wohltuend ab vom üblichen Tamtam der Tourismuswerbung. Labusch schien Akademiker zu sein, begann er doch damit, den Begriff *Kurhaus* zu deuten. Dies nämlich sei „das zentrale Bauwerk in einem Kurort, in dem Veranstaltungen und etliche Anwendungen stattfinden“. Letztere beschrieb er als „therapeutische Maßnahmen wie Heilbäder, Massagen und anderes den Kurerfolg Sicherndes im Wellness-Bereich des Hauses“.

Perfekt. Inzwischen ging mir auf, die Rede war von einem Hotel, in dem wir – meine erste Frau und ich – zur Ulbrichtzeit zwar nicht hatten wohnen, aber doch speisen dürfen, für die zwei Wochen Gewerkschaftsurlaub. Einmal hatte ich Anlaß gehabt, das Beschwerdebuch zu verlangen, und war beschieden worden, es sei voll. Der Geschäftsführer stehe gleichfalls nicht zur Verfügung: „Der ist auch voll!“

Solch lockerem Ton des Personals entsprechend, dem die Idee der Gleichheit und Brüderlichkeit aller Menschen zugrundelag, hieß das Haus „Weltfrieden“ oder „Völkerfreundschaft“. Das Porzellan indes war hier und da noch beschriftet mit „Kurhaus Parkhotel Kaiserhof Atlantik“. Durch närrische Sinnverknüpfung erinnerte mich das an ein Führerwort; in seinem Wälzer „Mein Kampf“ hatte Hitler die Sowjetunion zum „osteuropäisch-innerasiatisch-jüdisch-bolschewistischem Koloß“ erklärt. Derlei Bombast würzte seine Reden, der war von wundersamer Wirkung im Wahlkampf gewesen.

Schwulst und Pomp schienen Labusch fremd, nur leicht klang sowas in historischen Zitaten an. Da stand etwa bei ihm: „Am 21. Juli 1890 trafen ihre Majestät die Kaiserin mittags mit den Prinzen ein und wurden von Sr. Durchlaucht dem Fürsten zu Putbus empfangen.

Die Prinzen spielten in der ungezwungensten Weise an dem herrlichen Strande. Ihre Majestät geruhten im Kurhause den Thee einzunehmen und verließen den Ort gegen 5½ Uhr, anscheinend von dem Aufenthalte recht befriedigt."

Zur Eröffnung der nächsten Saison brach die Lokalpresse in Jubel aus, vermerkte das erste Konzert der Kurkapelle vor dem Kurhaus und schrieb: „Die Flaniermeile nahm wieder Konturen und Gestalt an." Trotzdem, die Aktiengesellschaft der Investoren ging im selben Jahr schon pleite. Erst zur Jahrhundertwende lebte das Haus in hochadliger Hand wieder auf, gestützt auf eine Dampferanlegebrücke, die, vom Sturm zerstört, erst 1905 weit stabiler neu errichtet wurde.

All das war durch Texte von Zeitzeugen und Fotos sorgsam belegt. Alten Glanz brachte der Chronist dem Leser nahe, auch indem er „die Speisefolge an der prachtvoll dekorierten Festtafel" wiedergab: Ochsenschwanzsuppe, Steinbutte in Caperntunke, Hammelrücken garniert, Englische Sellerie, Französische Poularde, Salate, Compot, Eisbombe à la Victoria, Feines Gebäck, Butter, Käse.

Ähnlich scharf skizziert: die trüben Zeiten von Weltkrieg, Zusammenbruch und Niedergang. Das Kurhaus verwahrloste und wechselte den Besitzer, bis ein rumänischer Jude es 1923 für 170 Millionen Reichsmark erwarb. (Hier fehlte das Datum! Im Januar des Inflationsjahrs wären das gut 15.000 US-Dollar gewesen, Ende November bloß noch sieben Dollar; in jedem Fall ein günstiger Kauf.)

Der quirlige Geldmann fügte dem Haus ein Spielkasino, ein Kabarett und die Kakadu-Bar hinzu.

Und das hieß, er nahm „keinerlei Rücksicht auf die sittlichen Belange der guten deutschen Volksgenossen“, wie der Bürgermeister rückblickend 1936 der Geheimen Staatspolizei in Berlins Prinz-Albrecht-Straße denunziatorisch schrieb. Immerhin, die rumänische Gesandtschaft schützte ihren Landsmann noch im Herbst 1938 vor Enteignung, die damals „Arisierung“ hieß. Es gab dazu ein formloses, nicht unterzeichnetes Papier, von Diplomaten „Verbalnote“ genannt. Erst bei Kriegsausbruch floh der Besitzer nach Bukarest, kehrte aber 1946 zurück, focht die „Entjudung“ des Hauses an, und das Landgericht in Greifswald gab ihm Recht.

Was nun kam, klang bekannt, war Schicksal vieler Hoteliers hierzulande: Anklage und Haft wegen sogenannter Wirtschaftsverbrechen; erneute Wegnahme um 1953. Das Kurhaus, nun volkseigen, fiel für fast vier Jahrzehnte dem DDR-Reisebüro zu. „Mittags wurden fünf Wahlgerichte, eine Suppe und ein Dessert gereicht“, hatte der Autor vermerkt, ohne sich über das doppelte Unrecht der Aktion „Rose“ in diesem speziellen Fall sonderlich zu erregen. „Halbpension kostete in den siebziger Jahren 9,50 Mark, Vollpension 12,50 Mark pro Tag.“

Ich blätterte um. Die 89er Wende zog Unsicherheit und Stellenabbau nach sich. Dutzendfach kamen Kauflustige zur Besichtigung, scharf auf ein Schnäppchen. „Im Rahmen der Privatisierung durch die Treuhand-Anstalt stand das Haus zum Verkauf. Anfang 1993 übernahm die *Baltic Flair Hotel GmbH* mit Sitz in Köln, die das beste Nutzungskonzept und einen Sanierungsplan vorgelegt hatte, das prestigeträchtige Objekt.“

Zu welchem Preis? Da schwieg des Sängers Höflichkeit. Ein üppiger Bildteil folgte, vom Festsaal bis zur „ägyptischen Bäder- und Sauna-Landschaft". Durchweg schwelgte das Haus in einer Farbsymphonie von königsblau bis orange. Der Schluß galt prominenten Gästen. Max Schmeling, Lilian Harvey und Prinz Friedrich zu Schleswig-Holstein-Glücksburg führten die Liste an; sie endete nach 60 weiteren Namen mit Angela Merkel, Bernd Seite und Franz Fürst zu Putbus. Mir war, als schließe sich da ein Kreis.

3

Hinrichs fing mich vor dem skurrilen Bau der „Blechbüchse" ab, begierig auf mein Urteil. „Ihre ‚Chronik' ist prächtig, sehr solide, ein Genuß", sagte ich nicht ganz wahrheitsgemäß, um ihn rasch loszuwerden. Mein Vortrag fing gleich an, und wie immer war ich grundlos nervös.

„Finden Sie?" fragte er lauernd. „Ein Schriftsteller Ihres Formats, Herr Woelk, hätte weit mehr daraus gemacht."

„Unsinn! Die Arbeit Ihres Partners ist nicht zu toppen."

„Da war der Auftraggeber leider anderer Meinung."

„Dann muß er ja ein ziemlich strenger Mensch sein."

„Streng, das drückt es noch vornehm aus. Er kann sehr gewinnend, aber auch verdammt direkt sein. Neulich hat er zu mir gesagt: ‚Es gibt eine Menge Leute, die netter sind als ich; man nennt sie auch Verlierer.' Wie finden Sie das?"

Der Satz gefiel mir, ich wollte ihn notieren. Selten bringt ein Mann seine Haltung so auf den Punkt.

„Also, der Geschäftsführer läßt Sie herzlich bitten, nach Ihrem Vortrag nicht etwa heimzufahren, drei Stunden durch die Nacht. Sondern in eben dem Hotel zu rasten, das unsere ‚Chronik' Ihnen geschildert hat. Natürlich auf Rechnung des Hauses. Es ist gar nicht so weit weg."

„Was verschafft mir denn die Ehre?"

Hinrichs rückte näher, er senkte die Stimme. „Ja, Herr Dr. Garcón hofft, Ihre Feder für Ähnliches, also für solche Schriften zu gewinnen. Das Unternehmen betreibt gut ein Dutzend Nobelhotels dieses Typs."

„Wie kommt er auf die Idee, das wäre was für mich?"

„Er wird Ihnen ein Angebot machen, das Sie kaum ausschlagen werden."

Das klang bekannt; wie aus einem Mafia-Film geschöpft. So etwa hatte Marlon Brando sich als Pate, Don Corleone, im Ernstfall ausgedrückt. Ich war baff, und um das zu bemänteln, fragte ich: „Dr. Garcón ist Franzose?"

„Eigentlich Baske. — Das läßt Sie vielleicht an die ETA denken, aber Bombenlegen ist bestimmt nicht sein Ding."

Er lachte zu seinem Scherz. Doch nicht die ferne Untergrundarmee kam mir in den Sinn, sondern Ignacio López, jener GM- oder Opel-Manager, der unter obskuren Umständen zu Volkswagen gewechselt war und dort die Preise der Zulieferer gedrückt hatte, bis weit unter die Schmerzgrenze. Vielleicht steckte in jedem Basken solch ein Kern, anders hätte das Restvolk, an den Rand Europas gedrängt, wohl kaum überlebt. — „Und wie stellt er sich das vor?"

„Natürlich darf ich dem Gespräch, zu dem er sie morgen um elf erwartet, nicht vorgreifen", sagte der junge Mann gedämpft. Beim Ellbogen nahm er mich beiseite, mit einer augenfälligen Verstohlenheit, die seine Worte noch unterstrich. „Nur soviel: neben Lesungs- und Vortragsreisen durch all seine Objekte denkt Dr. Garcón an ein Honorar im mittleren fünfstelligen Bereich."

Es war acht, der Abend begann. Mein Verstummen richtig deutend, raunte Hinrichs mir zu: „Für Ihre prinzipielle Bereitschaft, das in Erwägung zu ziehen, bedanke ich mich, Herr Woelk! Wenn Sie die Güte haben, mir zu folgen, fahre ich nach dem Vortrag einfach vor Ihnen her."

4

Im Saal verließ mich bald der Mut. Ich hatte das Gefühl, nicht bei der Sache zu sein, so daß die Lesung mir mißriet. Meine Stimme trug nicht, sie klang blechern und belegt – so flach wie das, was ich da von mir gab. Das Kapitel meiner USA-Reise von 1987, darum gab's öfter Streit. Das Amerikabild manches Zuhörers ist halt heller. Ein Westberliner hatte mir vorgeworfen, ich schildere die Reise wie einen Horrortrip; kein Wunder, hatte ihn doch der ferne Alliierte jahrzehntelang vor der roten Flut ringsum beschützt.

Bloß heute – nicht mal Widerspruch! Erst als ich in der fünften Reihe die Studentin von gestern zu erkennen glaubte, munterte mich das auf. Mir fiel ein, daß Vera, meine zweite Frau, früher jedes Mädchen beargwöhnt hatte, das ein weiteres Mal in meine Lesung kam. Damals, vor 30 Jahren, hätte das auch mir geschmeichelt; doch vor 30 Jahren war jenes Mädchen dort, die angehende Historikerin, noch gar nicht auf der Welt gewesen ... Sie saß allerdings auch jetzt nicht da. Als ich die Fernbrille aufsetzte, alterte die Dame jäh: eine Sinnestäuschung! So brach mir die letzte Stütze weg.

Die einzige Frage galt dem Titel meiner Memoiren. Die hießen „Der zweite Mann" – weshalb denn nur Zweiter?

„Ja, das ist eben oft meine Rolle gewesen, vorn stand meist wer anders", bekannte ich. „Unter den Gaben, mir unverdient in die Wiege gelegt, hat eine leider gefehlt, ohne die man schwer Karriere macht: Autorität oder Führungsstärke. Es ist mir nie geglückt, Kraft auszustrahlen, Wünsche zu bündeln, also Frontmann zu sein, Macht auszuüben und irgend eine Art von Gefolgschaft zu bilden. Kein brauchbarer Chef, Offizier oder Politiker wäre je aus mir geworden. Dazu muß man ein Alpha-Typ sein. Selbst in der Liebe …“

Leicht widerstrebend fuhr ich fort, in dem Gefühl, dies werde zu persönlich und ich sei dabei, mich den Leuten anzubiedern, um ihnen doch noch einen Laut, ein Quentchen Beifall zu entlocken. „Zwei Ehen, und in keiner bin ich gleich der Erste, also der Wunschpartner gewesen. Na, da hab ich mir gesagt: Besser zweite Wahl als ganz verschmäht. In der Ruhe liegt die Kraft, es siegt oft die Beharrlichkeit. Auch wenn sich im Rückblick vielleicht mehr Niederlagen zeigen. — Denn im übrigen scheint mir, meine Damen und Herren, ein bloß halb geglücktes Leben ist im Grunde ganz geglückt; mehr darf man nämlich nicht erwarten.“

Gestammel, dachte ich. Mit wehender Flagge sinken! O Gott, hatte ich das nötig? Winkte mir nicht ein Honorar im mittleren fünfstelligen Bereich – soviel, wie das Privatfernsehen für manch hirnrissig hingeschludertes Drehbuch zahlt? Ich spürte, wie da Endorphine sich schmerzstillend in mir verteilten. Da kam auch schon der Chefdramaturg mit den Blumen herbei, und Schlußapplaus deckte gnädig meinen Abgang zu.

„Sie waren Spitze, Herr Woelk“, sagte Hinrichs draußen, euphorisch wie ein Lobhudler. „Diese Aufrichtigkeit selbst noch im Privaten. — Hängen Sie sich einfach an, jetzt sind die Straßen leer, wir sind im Handumdrehen da.“

5

Die Juniorsuite des Strandhotels roch aromatisch nach Zedernholz, sie umfing mich gelbblau, mit gediegenem Luxus. Das Marmorbad prunkte mit riesigen Tüchern im Vanilleton der Fliesen, das Zahnputzglas war luftdicht verpackt, königsblau, der Hygiene zuliebe. Dies war ein Fünf-

Sterne-Haus: keine Spur mehr von „Weltfrieden“ oder „Völkerfreundschaft“, gewiß gab es kein Beschwerdebuch; zumindest würde kein Kellner jemals sagen, es sei voll und der Geschäftsführer auch. Die Suite kostete 286 Euro (etwas mehr, als mir laut VS-Tarif für den Vortragsabend zustand); freilich den Begrüßungs-Cocktail, das reiche Frühstücksbüffet und die Nutzung der Wellness-Landschaft inbegriffen.

Dennoch, mein Schlaf war flatterhaft. Mir träumte, der Dr. Garcón wünsche mich im Ägyptischen Bäder- und Saunabereich zu empfangen. Dahindämmernd stellte ich ihn mir wie einen Sultan vor, umringt von seinem Harem. Die hübsche Historikerin führte mich hin, vorbei an duftenden Planschbecken und Schalen voller Orangen. Selber nur sparsam verhüllt, reichte sie mir ein kostbar gebundenes Buch, auf dessen Seiten sich Personen von Rang und Stand geäußert hatten. Der Zwang, Geistvolles abzusondern, bis hierhin verfolgte er mich!

Ich bildete mir ein, zurückblätternd, schlicht datiert auf 1828, von Goethe den Satz zu finden: „Ein paradiesisch Plätzchen zum Ruhen, Sinnen und Trachten.“ Danach konnte Heinrich Heine ja vermerkt haben: „Wellen, fast so schön wie an der Nordsee.“ Theodor Storm ließ sich das Wort zuschreiben: „Was wäre unser Werk ohne das Meer?“ – „Gleichen Sinnes“, konnte Gerhart Hauptmann oder Henrik Ibsen angefügt haben. So wortkarg durften nur Genies sein, mir hätte man's verübelt.

Kurhaus Parkhotel Kaiserhof Atlantik. „Auf einer Durchreise geruhten Majestät dies Kurhaus nett zu finden und zeichneten sich zum Ausdruck Höchsteigenen Wohlgefallens hier namentlich ein …“ Den Faden im Halbschlaf fortspinnend, ließ ich Thomas Mann notieren: „Manchmal war es dort still und sommerlich. Die See ruhte träge und glatt, in blauen, flaschengrünen und rötlichen Streifen, von silbrig glitzernden Lichtreflexen überspielt, und Quallen lagen da und verdunsteten. Aber des Meeres leiser Atem strich rein und beglückend über alles hin."

Um dieser Narretei zu entfliehen, nahm ich eine dämpfende Tablette, wälzte mich und spürte das Unklare meiner Lage. Irgend etwas stimmte nicht. Aufwand und Nutzen für den, der mich engagieren wollte, standen in keinem rechten Verhältnis. — Langsam sackte ich ab, glitt dicht unter der Oberfläche dahin und fragte mich: Wo ist der Haken? Ich trieb durch Blasen, die Wände glichen Zerrspiegeln. Da es mir so an Machtinstinkt fehlte, beherrschte Dr. Garcón stets die Szene, er trug eine Baskenmütze und sagte: „Nicht dem Fischer muß der Köder schmecken, nur dem Fisch." Hinrichs blickte hündisch zu ihm auf, während aus dem schwimmenden Sessel, der ihn trug, zischend Luft entwich.

Tatsächlich – und das war mir auch im Traum bewußt – hatte er zwar den Schmeichler gespielt, und selber hatte ich Blech geredet in der „Blechbüchse", doch war aus keinem Sessel dort Luft entwichen. Bevor der Sitz mit ihm versank, erklärte er nachdrücklich: „Wir denken an ein Honorar im mittleren fünfstelligen Bereich!"

Verschwitzt tauchte ich aus dem Schlaf, tappte ins Bad und sah einen Hauch von Morgenröte über dem Meer. Manchmal genügt ja ein Duft, ein Schimmer oder ein Klang, um einem zu sagen, was Leben ist und daß es auch mit fünfundsiebzig noch nicht vorbei sein muß.

6

Weit davon entfernt, einen so unpassenden Ort wie die Ägyptischen Bäder zu wählen, empfing mich der Geschäftsführer in seinem fast schmucklosen Büro. Wie ein

Hort schöner Kaufmannsredlichkeit wirkte es auf mich. Man sah Dr. Garcón den baskischen Hardliner gar nicht an; er war hager, zugeknöpft, ziemlich formell. Biscaya-Piraten malt man sich anders aus. Etwas von seinem Haar stand drahtig hoch wie eine Antenne zum Orten von Gefahr (schwindende Bonität oder verschleppte Insolvenz eines Partners zum Beispiel). Ein Typ aus der Chefetage eines Konzerns; eigentlich konnte man sich ihn fern vom Schreibtisch mit Rufknöpfen und summender Betriebsamkeit kaum vorstellen. Der Kontrast zu Hinrichs, der den Gehilfen gab, konnte nicht schärfer sein.

„Es freut mich“, sagte Garcón etwas kehlig, „daß Sie kommen konnten und bereit sind, uns mit Ihrer Berufserfahrung zu helfen. Wir wollen dem Publikum jedes unserer Häuser angemessen zeigen, in Wort und Bild. Das ist erst zur Hälfte geschehen, nicht immer auf die beste Art. Es braucht eben Darstellungskunst und Originalität.“

„Nur bin ich nicht mehr der Jüngste, und als Chronist kaum erste Wahl.“

Er lächelte matt. Es schien, als glaube er, ich rede so, um mich besser zu verkaufen. Oder war ihm bewußt, daß ein Literat Gründe hat, zu zögern, in die Dienste einer Hotelkette zu treten?

Prompt sprang ihm Hinrichs bei: „Wir wissen, Herr Woelk, Sie haben nicht bloß Romane, sondern auch Sachbücher verfaßt! Zu Themen der Zeitgeschichte, und zwei davon sind Bestseller geworden.“

„Schon, doch das hat mich mehr gequält als befriedigt. Unter Verzicht auf Phantasie trockene Sachverhalte lesbar zu machen, das ist hart für Leute wie mich.“

Garcón saß schmallippig da, respektabel, kontrolliert. Der Tisch vor ihm war leer bis auf seine Hände, schlank und sehnig, und er fing an, sie zu rühren. Wenn er sich ärgert, hatte Hinrichs beim Frühstück zu mir gesagt, beginnt er die Hände zu verdrehen. Offenbar hielt er mich bereits für schwierig. Was ging ihm denn da gegen den Strich? Übrigens kam er nicht auf die Idee, den Honorarvorschlag zu präzisieren; in seinen Augen wohl die Chance zur Vermögensbildung für einen Autor, dem der Markt weggebrochen war.

„Herr Doktor Garcón", warf Hinrichs ein, „vielleicht sollte man sich einmal an den Heimatsinn unseres Gastes wenden."

„Also gut", sagte Garcón; erstmals fiel mir an seiner Sprechweise ein leichter Akzent auf, verquickt mit der Neigung, die Endsilben zu betonen. (Arthur Schopenhauer hatte dies boshaft das „Schluckauf-ähnliche Französisch" genannt.) „Es geht beim nächsten Projekt nämlich um Ihren Wohnsitz, Herr Woelk. Und einer Chronik, wie sie zu diesem Haus hier vorliegt, fehlt schlicht der Biß. Damit kann man in einer Malerkolonie auf dem Fischland sicherlich nicht punkten."

„Auf dem Darß", bemerkte Hinrichs. „Das eigentliche Ahrenshoop, Herr Doktor Garcón, zählt schon zum Darß."

Dessen Finger kneteten einen unsichtbaren Teig. „Der Darß, na schön. Mit solchen Feinheiten beginnt es. Der Tradition dieses Künstlerorts gemäß sollte das aus berufener Feder sein, möglichst der eines Einheimischen mit Ausdruckskraft und Renommee."

Er hatte es nett gesagt, trotzdem, ich war perplex. Das schlug mir die Beine weg. Jäh wurde klar, gemeint war unser altes Kurhaus am Schifferberg. Das hatte Hinrichs mir verschwiegen, obgleich er als ehrlicher Makler auftrat. Die Überrumpelung schien geplant – und sie funktionierte. Richtig wütend war ich nicht, eher ratlos.

In die Pause hinein sagte Garcón: „Es kann Ihnen doch schwerlich entgangen sein, daß wir es sind, die dort bauen werden."

Ich fand, eine versteckte Angriffslust gehe von ihm aus: Leben ist Kampf, Erfolg ist machbar! Kühl saß er da, topfit, beherrscht, ja bedrohlich. — Ich selber war reifer und resignierter, halt erfahrener; nicht geschäftlich, nur was die Psyche betraf, den menschlichen Faktor. „Sie ahnen wohl kaum, daß ich einer von denen bin, die Ihr Projekt im letzten Sommer abgelehnt haben."

„Was heißt das schon?" fragte er. „Wir haben ja sämtliche Einwände geprüft, auch mit namhaften Künstlern gesprochen und die Pläne inzwischen erheblich modifiziert."

„Total verschlankt, verschönt", soufflierte ihm Hinrichs. „Geschwungene Front, die Ecktürme weg, eingezogene Seitenflügel!"

Ich spürte, es wurde ernst. Und mir ging auf, es war meine eigene Schuld, wenn ich all dies aus dem Blick verloren hatte. Vielleicht, weil es nach dem Proteststurm still geworden war um das Vorhaben dort am Schifferberg; seltsam still, als wäre es schon begraben. Ob der Investor nun *Dorint, Maritim, Travel Star, Steigenberger* oder eben *Baltic Flair* hieß – es hatte sich mir nicht eingeprägt. Das rührte auch her von meinem Rückzug ins Private. Als der Berufserfolg langsam ausblieb, suchte ich im Leben nach Poesie, streifte durch die Natur, ging nicht mehr ans Telefon und igelte mich oft so ein, daß ich im Freundeskreis meiner Frau schon „das Phantom" genannt wurde. Im Scherz verdächtigte man Vera, um der Rente willen mein Ableben zu verschleiern. — Wie alles auf der Welt hat selbst Weltflucht einen Preis.

Während das Gespräch weiterlief, fiel mir der Brief ein, den ich in dieser Sache vor Jahresfrist meinem Bürgermeister geschrieben hatte. „Wie es nach den ausgelegten Skizzen auf mich wirkt", hieß es darin, „würde das ‚Grandhotel Kurhaus Ahrenshoop' neben örtlichen Geschäftsinteressen wohl allenfalls maritimen Zwecken dienen. Es gäbe eine unverwechselbar-bizarre Landmarke für das Handbuch der südlichen Ostseeküste ab. Doch braucht die Schiffahrt sowas heute noch?"

Der Bürgermeister war zur See gefahren, nunmehr Kunstmaler. Ich hielt ihn für charakterfest, nachdem er, zur Vergangenheit befragt, der Presse erklärt hatte: „Die DDR war mein Leben." Ein gestandener Mann, Vernunftgründen zugänglich, daher fuhr ich fort: „Das Dorf nämlich braucht diesen turmgekrönten 200-Betten-Sechsgeschosser nicht. Wir schüfen uns ein massives Verkehrsproblem und würden das gewachsene Ortsbild zerstören, durch einen Koloß im historisierenden Kaiserbad-Stil ..."

Eindringlich hatte ich an die Heimatliebe und an den Kunstsinn eines der gegenständlichen Tradition verhafteten Malers appelliert, um mit einem Vierzeiler Franz Grillparzers zu schließen: „Und die Größe ist gefährlich / Und der Ruhm ein leeres Spiel / Was er gibt, sind nicht'ge Schatten / Was er nimmt, es ist so viel."

Das sollte nun nicht mehr gelten? Konnte ich hinter meinen Text zurück, ihn vergessen? Bloß weil Hinrichs, zappelnd vor Energie, mit Papier raschelte und mir Planungsskizzen zuschob, Grund- und Aufrisse, genannt „Entwurf 2002, Ansicht von Nordwesten" und so fort ... Atemlos verwies er auf die wellenförmig neugeformte Fassade: „Kein Hauch mehr von Kaiserbad, eher ein Hundertwasserhaus, nicht wahr, Herr Doktor Garcón?" Seine beflissen hochgeföhnten Sätze überstürzten sich, um dann fahrig zu verläppern.

Garcón ließ ihn reden, gelassen wie einer, der nicht recht weiß, was das soll. Dann schob er ein Doppelblatt auf den Tisch, drehte es mir mit knapper Handbewegung zu, und ich sah, es war der Vertrag, den er für mich entworfen und bereits unterzeichnet hatte. „Weshalb erhitzt sich Herr Hinrichs so?" fragte er sanft. „Eine positive Sicht bei den

Einwohnern dort aufzubauen, das ist zwar seine, doch gewiß nicht Ihre Sache, Herr Woelk. Dies hier verpflichtet Sie zu keiner Sympathiebekundung für das Grandhotel. Sie sind der Chronist des Ahrenshooper Kurhauses im Wandel der Zeiten, wenn Sie dort bitte signieren wollen."

Etwas an ihm flößte mir Achtung ein. Er schien über unsichtbare Kräfte zu verfügen. Die Sparsamkeit in Wort und Geste hatte viel Bezwingendes. Der Text sah ein Stükkeln des Honorars vor – je ein Drittel bei Vertragsunterschrift, Ablieferung und Annahme der Arbeit; ganz wie in der Filmbranche bei Drehbüchern üblich. Es gab weder Fußnoten noch Kleingedrucktes – nichts, das mich genötigt hätte, *Baltic Flair* zu preisen oder das Grandhotel zu loben. Abgabetag war der 31. Oktober, fast ein Vierteljahr blieb mir Zeit.

Also nahm ich den urkundentauglichen Stift, den Hinrichs mir reichte, und setzte meinen Krakel zweimal schwarz neben das Signum Dr. Garcóns, der grüne Tinte benutzt hatte, wie ein Ministerialdirektor. Er legte sein Vertragsexemplar zurück in den Schreibtisch und gab mir dafür einen Scheck der American Express Bank GmbH, Frankfurt/Main, lautend auf 15.000 Euro.

7

Draußen, im Mittagslicht der Strandpromenade, trieb ich im Strom der Urlauber vor jenes seltsame Haus, in dem ich vor 45 Jahren mit Johanna hatte wohnen dürfen, meiner ersten Frau, für zwei ziemlich verregnete Juniwochen. Eine Villa mit Säulenportal und pompöser Halle, an die ganze vier bescheidene Zimmer grenzten. Auch tagsüber hatten wir oft im Bett gelegen und Bücher wie „Die alte Welt" von Conan Doyle oder Günther Weisenborns „Mädchen von Fanö“ gelesen. — All die versunkenen Jahre! Es dauerte bloß einen Augenblick – ein trauriger Ton aus einem alten Lied –, dann war es vorbei.

Ein Stück weiter hing die Speisekarte eines Gourmet-Lokals namens „La Pergola“. Ein Italiener also, der herzschonend Butter durch Olivenöl, Sahne durch Gemüsesud ersetzte. Und wahrlich, es fehlte nichts – von Zucchini-Blüten im Bierteigmäntelchen zwischen Wachteleiern mit Kaviar bis zum Kastanieneis auf Birnenragout nebst weißen Trüffeln – aber die Preise! Gewiß, da war der Scheck, zur Freude meiner Familie. Selber wollte ich nie so reich sein, um mein Geld auf diese Art zu verschwenden.

Schließlich begegnete mir Hinrichs, und ich lud ihn zum Essen ein, nebenan, wo es preiswerter war. Immerhin, den Auftrag verdankte ich ihm, und er sah aus wie einer, der gern gut ißt. Er hätte ja auch wen anders vorschlagen können, den weltläufigen Walter Kaufmann etwa, die Lyrikerin Cornelia Crohn oder den Essayisten Rolf Schneider; kein Mangel an Edelfedern nahe der Küste. Eben noch, bei Garcón, hatte er wie jemand gewirkt, der in einer Vernunftehe steckt, sich tüchtig müht und doch weiß, daß er nicht treu sein kann. Nun wich der Druck von ihm, statt des willigen Helfers gab er den pfiffigen Kritiker.

Obgleich Hinrichs Firma *Multi Consult* hieß, zeigte es sich, daß *Baltic Flair* sein einziger Kunde war. Wenn das *Multi* nicht der Kundenzahl galt, dann stand es wohl für die Vielfalt, mit der er diesem einen diente. „Garcón, der liegt Ihnen nicht so recht, wie?“ fragte er bei der Suppe, den „Doktor“ ließ er jetzt weg. „Ein glatter Typ, hanseatisch kühl und fest überzeugt: Macht steht ihm zu! Dabei ist er im Konzern bloß sowas wie ein Major.“

„Und ich dachte, der General.“

„I wo. Er hat ein Dutzend Leutnants unter sich, die Hotelchefs der Kette hier an der Ostsee. Hoch über ihm aber thront die Leitung der Holding AG, mit all den *Flair*-Töchtern am Atlantik, am Mittelmeer und in Übersee. Der Vorstandsvorsitzende ist sein Kommandeur, vor dem steht er stramm."

Und selbst das, so legte Hinrichs mir dar, sei noch nicht der wahre Gipfel. Zwar habe man kürzlich erst die Hierarchie verflacht, durch Streichung einer Management-Ebene zwischen der Holding und den Haupteigentümern. Die Aktienmehrheit liege in den Händen der Familie Amon, schwerreich! Immobilienfonds und Kaufhausketten gehörten der, auch ein Transportunternehmen, dessen mehr als tausend Sattelschlepper quer durch Europa rollten. Das sagte er in einem Gemisch aus Ehrfurcht und Faszination.

Die Flut seines Wissens schwappte über mich. Zu dem mehr als tausend Sattelschleppern fiel mir ein uralter Hit ein: „The rich maharadsha of Mogador, he had tenthousand camels and may be more. — But he don't know how to do the rumba!" So reich er auch war, den Tanz schaffte der Fürst nicht. Und den Amons war es bei aller Geldmacht bisher mißglückt, das Grandhotel auf den Schifferberg zu hieven. Da ihr Entwurf das Ortsbild sprengte, sprachen die Macher übrigens von einem „Solitär". Gemeint war ein funkelnd herausragender Sonderbau, dem Dorf zur Zier. Tatsächlich ein Wort aus dem Juwelenhandel: Solitär – ein großer, einzeln gefaßter Diamant. Das passende Schmuckstück, der Geldmagnet, das Flaggschiff der Baltischen *Flair*-Hotels.

Über seinem Hirschbraten verriet mir Hinrichs, die Holding sei ein Verband autonomer Fürstentümer, es komme mitunter da zu Kämpfen, die Züge eines Bürgerkriegs trügen, und Garcón habe stets die Nase vorn. „Manche Hotelkette frißt sich selbst in ihrem Expansionshunger", enthüllte er kauend. „Kein Mangel an Flops bei der Konkurrenz! *Dorint* mit den neunzig Häusern, die haben zwölf

Millionen Mark Verlust gemacht im letzten Jahr. Zimmerbelegung im Schnitt sechsundfünfzig Prozent, noch etwas weniger bei *Maritim.* — Garcón passiert das nicht, der plant langfristig, er hat die ruhige Hand des Bundeskanzlers und immer Cash zur operativen Verwendung, wie Sie ja selber bemerkt haben."

Die Anspielung auf den Scheck überging ich. Was er mir da auftischte an Insider-Kram, das wurde unüberschaubar, es fing an, mich zu plagen. So wie er vorhin Bauskizzen entrollt hatte, ohne mir damit ein klares Bild zu geben, so schilderte er nun Sachverhalte wie Konzernpyramiden und Verschachtelungen weit über meine Fassungskraft hinaus. Er genoß es halt, sich vor mir aufzubauen. Erst beim Kompott konnte ich ihn stoppen: „Sagen Sie mir bloß mal eins – weshalb muß das Ding so riesig sein, viermal soviel Betten haben wie das alte Kurhaus?"

„Na, die Amons wollen Kohle sehen. Die schauen sich Sachen, die klein sind, gar nicht erst an. Das ist für sie etwas, wo es lächerlich wird, wenn ein Geschäftsführer viel Wind macht."

„Nicht auch wegen der dreißig Prozent Fördermittel vom Land?"

Hinrichs betupfte seinen Mund, er ließ das offen.

„Oder sollen da Gelder in die Wirtschaft zurückfließen, die irgendwo gebunkert sind, vielleicht in der Schweiz?"

Er schüttelte den Kopf. Nein, keinesfalls! Der Investor war ja derart reich, daß Steuerflucht ausschied, schräges Geschäftsgebaren sich von selbst verbot. Nach meinem Gefühl zog Hinrichs vor einer bestimmten Größenordnung schlicht den Hut, da war für ihn Geld stets sauber, es mußte nicht gewaschen werden. — Das wiederum hielt ich für naiv. Der Ursprung wirklich großer Vermögen lag oft doch im Dunkeln; sie waren im Opium- und im Sklavenhandel, im Alkohol- oder Rüstungsgeschäft oder rein spekulativ gemacht und meist dem Zugriff des Fiskus entzogen worden.

„Es stimmt schon", sagte er, als ich zahlte, „manches Haus haben die für 'nen Appel und 'n Ei gekriegt, als sogenannten Nonvaleur wie dies hier, wo nicht mal der Name verwertbar war. Aber bei Ihnen daheim sind schon vier Millionen Mark geflossen, und das heißt, in dem Punkt steht Garcón unter Druck; das nämlich wirft die Spitze ihm vor. Er muß und wird jetzt zu Potte kommen."

„Dafür wirkt er recht gelassen. Forever cool, wie?"

„Er ist sehr versiert in Personalgesprächen; auch im Problemelösen. Konfliktbewältigung heißt das bei ihm."

„Was war zuerst da, seine kühle Art oder das Klima, das ihn umgibt?"

„Sein oder Nichtsein", sagte Hinrichs. „Es geht um Fressen und Gefressenwerden."

„Mir hat er erklärt: ‚Die Dinge bei Ihnen da ziehen sich etwas in die Länge, doch was gibt es Schöneres für einen Hotelier, als an Schritten teilzunehmen, die Hotellerie und Bäderlandschaft nachhaltig verbessern?'"

„Was er Bäderlandschaft nennt, bezeichnen andere als Schlachtfeld", brummte Hinrichs schon im Gehen; dann stutzte er. „Moment mal, ich war doch dabei, wann soll er das gesagt haben?"

„Bloß in meinem Drehbuch. Eine Art Berufskrankheit bei mir, ich sehe Menschen und höre schon, wie sie reden würden. Könnte der Satz nicht von ihm sein?"

„Weiß Gott, das könnte er", sagte er und sah mich so entgeistert an, als vermute er übersinnliche Kräfte bei mir.

8

Weil ich auf Usedom so getrödelt hatte, fuhr ich später heim als geplant. Ab Greifswald stand die Sonne schon tief, der Himmel jedoch hatte noch das satte Blau aus dem Malkasten von Franz Marc. Selbst die Schatten wirkten weich und flirrend, wie hingetupft von Césanne: Pastell, hätte Vera gesagt, meine Frau. Seit langem galt ihre Liebe der Malerei, in gewisser Konkurrenz zu ihrer gern betonten Nähe zu mir.

Bei geöffnetem Schiebedach warfen die Alleebäume das Geräusch des vorbeisausenden Wagens als huschenden Laut zurück. Es klang wie gedämpfter Trommelschlag, Jazzbesen auf Kalbfell in nervösem Rhythmus, und dabei überkam mich ein ungutes Gefühl. Vielleicht hätte mir schon in Zinnowitz jemand raten sollen, von der Sache die Finger zu lassen. Das Schöne daran freilich war die Erwartung, meine Hoffnung auf ein Comeback. Aber die Welt war zu komplex, als daß alle Blütenträume reiften und so ein Wunsch sich glatt erfüllen würde. — Egal, es war zu spät.

Noch immer ging mir Garcón nicht aus dem Kopf. Einen Aal kann man festhalten, meinen erfahrene Fischer, aber diesen Manager? Sein Wort gilt, hatte Hinrichs erklärt, der Tausendsassa, für den Garcóns Obere geradezu den Status der Unsterblichkeit erreichten. Schräge Geschäfte, Gegenleistungen, i wo, das hatten die nicht nötig. Auch zäher Widerstand löste sich unter deren Hand immer in Wohlgefallen auf. Mit einem Wort, Gegenwehr war zwecklos.

Diesem Herrn folgen hieß, dem Leben das Positive abzuringen. Was ihm fehlte, war meine Neigung zur Selbstbeobachtung. In ihm, so dachte ich hinter Stralsund, pulsiert eine Grundgestimmtheit, die lebensverlängernd wirkt. Sie schont die Nerven, hebt das Selbstwertgefühl, stählt seine Schlagkraft und läßt kein Grübeln zu. Einer wie er glaubt nämlich, irgendwann werde sich die Welt – oder auch ein Dorf nebst Gemeinderat – aus schierer Einsicht in seine Richtung bewegen müssen. Was gut ist für die Firma, das ist auch gut für den Ort.

Unter solchen Betrachtungen langte ich in Ribnitz an. Kein Mensch stand am Straßenrand, nicht mal hier wollte jemand aufs Fischland mitgenommen werden, anders als früher, vor der Wende. Ein Beifahrer hätte mich angenehm abgelenkt, meine Sorgen zerstreut. Im stillen fürchtete ich Ablehnung daheim und stellte mich auf Verteidigung ein. Schon Schiller hatte gewußt: Leicht beieinander wohnen die Gedanken, doch hart im Raume stoßen sich die Dinge.

Vera empfing mich freudig. „Gott sei Dank“, rief sie aufstrahlend wie in den frühen Tagen unserer Verbindung. „Du bist wieder da, Alexander! Warum rufst du nie von unterwegs an? Gestern wolltest du schon zurück sein! Wie ist es denn gelaufen?“

„Bestens“, sagte ich und löste mich aus der Umarmung. „Du, ich hab ’nen dicken Fisch an Land gezogen. Arbeit für den Rest meiner Tage.“

Während ich sprach, kam Fred hinzu, unser Sohn. Trotz seines Denkvermögens, einer Art von logischem Fundamentalismus, sah er wie achtzehn aus. Alle meine Kinder wirken fünf bis zehn Jahre jünger, als sie sind; was sie eher den Müttern verdanken. „Mit denen hast du verhandelt?“ fragte er, einen Anflug von Fassungslosigkeit im asketisch schmalen Gesicht.

„Schluß mit der Reiserei, endlich wieder Heimarbeit …“ Ich fing schon an, mich zu wehren. „Seht ihr, der alte Zirkusgaul hört die Trompete …“

„Und wo trabt er hin?“

„In die Manege. Das Kurhaus im Wandel der Zeiten, so steht es im Vertrag."

„Vertrag! Die haben dich gekauft."

„Nicht unter Wert", sagte ich. „Du kannst dein Klavier haben, und Vera bekommt ihren Farbkopierer."

„Ich will kein Klavier von deren Geld."

Veras Protest klang gedämpfter, nicht so endgültig. Immerhin fragte sie: „Und wie sind die gerade auf dich gekommen? Überleg das mal! Die hätten doch ebenso an Ruth Kraft oder Herbert Otto herantreten können, besser noch an Friedrich Schulz. Der ist als Dorfchronist mit seinem Archiv viel kompetenter als du."

„Die sind aber alle noch älter. Offenbar zieht Herr Garcón bei fünfundsiebzig die Grenze."

„Laß dir sagen, weshalb du es sein sollst", erwiderte sie. „Dein Schwiegersohn soll ihnen die Mehrheit im Gemeinderat bringen."

„Das tut Udo sowieso. Er schwärmt doch für das Grandhotel."

„Als einziger Autor wohnst du seit vierzig Jahren im Dorf, bist hier familiär verwurzelt. Das erst macht dich für die wichtig."

Ich schwieg; das ergab keinen Sinn. Und es verdroß mich, daß Vera annahm, irgend etwas anderes als mein Name, mein Schreibtalent habe die Wahl beeinflußt. Weil ihr mein Stil manchmal so fremd blieb wie gewisse Stoffe der Zeitgeschichte, die mich fesselten, und übrigens auch Ironie sie nicht immer erreichte, waren ihr außerliterarische Gründe plausibler.

Der Fangstoß kam von Fred. „Nein, das gilt uns", sagte er mit jener apodiktischen Strenge, zu der er in solchen Fällen neigt. „Die wissen, wir sind im Förderkreis aktiv. Folglich ködern sie ihn, das spaltet uns und nimmt Druck weg von ihrem Grandhotel."

An dem Punkt brach ich das Gespräch ab und ging einfach zu Bett. Kontroverse Debatten sind Gift für eine Nachtruhe, die nur ohne Tabletten erholsam ist. Schlaffördernd hingegen wirkt ein Roman. Mit Bedacht wählte ich den „König David Bericht“ meines verstorbenen Freundes und Mentors Stefan Heym. Sah ich mich doch, in verkleinerndem Maßstab, ein bißchen in der Rolle des Helden Ethan, des biblischen Historikers, der die Dynastie des Königs Salomo festigen soll, indem er dessen Vater David verherrlicht, obschon der über Leichen gegangen war. — Was für Hoteliers, selbst baskischer Abkunft, ja mitnichten gilt.

9

Am nächsten Morgen sagte ich mir: frisch an die Arbeit, Vorwärtsverteidigung durch Ehrlichkeit! Oben im Studio lag ein Konvolut kopierter Fragebogen und auch Briefe – das Echo auf die Planauslegung vom Juli 2001. Das hatte Fred mir hingepackt, zuoberst ein Zettel mit dem Satz: „Auf welcher Seite stehst du eigentlich, Sascha?“ Das russische Kürzel von Alexander nahm er gern, um einen Tadel abzumildern; manchmal auch – so mein Verdacht – wegen des Anklangs an „Pascha“.

Das Bündel enthielt rund 70 Ja-Stimmen und knapp 800 Nein-Stimmen zum Grandhotel Kurhaus Ahrenshoop. Von den Gegnern des Projekts lagen oft richtige Stellungnahmen vor; die Fürsprecher hatten sich darauf beschränkt, auf Sammellisten zu unterschreiben. Bis auf die Ehefrau des Bürgermeisters. Recht schlüssig verwies sie auf den Gewinn an Arbeitsplätzen und auf die Tatsache, daß das alte Kurhaus nur mit externen Betten sein gastronomische Niveau gehalten habe, man heute aber Gäste nicht mehr woanders einquartieren könne; deshalb brauche das Grandhotel das Vierfache an Betten, wolle es rentabel sein.

Die Gegenstimmen, zunächst maßvoll, ein getragenes Adagio in der Musikersprache Freds, schwollen bald übers Andante zum Allegro furioso an. Da hatte ein Protestler den Machern des Superhotels grimmig unterstellt, sie würden nicht nur Golf-, Tennis- und Hubschrauberlande-Plätze folgen lassen, ferner eine Seebrücke mit Yachtanlegern nachschieben und die fehlende Kurpromenade auf die Dünen zaubern, sondern auch die Dorfstraße überbrücken, exklusiv fürs feine Publikum. Tenor: Schickeria unerwünscht! Sozialneid? Ja, vielleicht. Doch betuchte Westler, die sich in den 90er Jahren bei uns angesiedelt hatten, lehnten gleichfalls ab – um der Stille willen, des Friedens einer noch intakten Natur.

Sommergäste betonten stets ihr langes Verbundensein mit dem Ort, sie kündigten an, wegzubleiben, verliere der durch mondänen Betrieb à la Sylt seinen Reiz. Fred hatte geschätzt, 500 solche Gäste könnten das Dorf künftig meiden. Wenn jeder nur zehn Tage bleibe und täglich hundert Mark ausgebe, drohe ein Umsatzverlust von einer halben Million pro Saison. — Recht zurückhaltend gerechnet, wie ich fand.

Mehr als anderes aber beeindruckte mich das Papier eines Rundfunkjournalisten namens Peter Bender, promovierter Historiker, der erhellende Bücher zur SPD-Ostpolitik und über die DDR verfaßt hatte. „Ich bin seit frühester Jugend, das heißt seit über siebzig Jahren mit Ahrenshoop verbunden“, schrieb er da. „Meine Großeltern hatten seit 1908 ein Haus in Althagen, mein Vater wohnte dort bis 1958. Großeltern und Vater liegen auf dem Friedhof in Wustrow. Ich mache seit Mitte der siebziger Jahre Urlaub in Ahrenshoop.

Meine Einwände gegen das Grandhotel Kurhaus, wie es derzeit geplant ist, gehen auf die Quantität und die Qualität. Schon das alte Kurhaus war etwas zu groß und in seinem Äußeren ein Fremdkörper. Das Grandhotel wird viel zu groß sein und eine Provokation gegen den Charakter von Ahrenshoop.

Es geht nicht darum und ist auch nicht mein Maßstab, das Dorf der dreißiger Jahre des vorigen Jahrhunderts wiederherzustellen. Die Moderne muß ihr Recht haben. Aber es geht um die Proportionen. Wen immer ich im vergangenen Jahr in Ahrenshoop befragte, Leute mit Kenntnis, Erfahrung und Überblick – alle waren der Überzeugung, Ahrenshoop sei ‚voll', also ausgebucht. Was jetzt noch gebaut würde zur Unterbringung von Gästen, werde zuviel sein, zuviel an Menschen und zuviel an Verkehr. Und nun noch einmal zweihundert Betten mehr, eine Steigerung der Kapazität um etwa zehn Prozent! Noch einmal hundert Autos mehr, die ja, weil sie benutzt werden, keineswegs dauernd in der Tiefgarage verschwinden, sondern den Schifferberg noch weiter vollparken!

Die Gemeinde hat dem Investor im Dezember 1994 Grenzen gesetzt, für die Größe und besonders für die Höhe, es ist eine Anmaßung des Investors, einen Entwurf vorzulegen, als seien ihm nie Grenzen genannt worden. Wenn sich die Gemeinde das gefallen läßt, wird sie auch künftig damit rechnen müssen, daß die Hotelkette sich über alles hinwegsetzt, was die Gemeinde fordert. Es gibt Städte, in denen nicht der Bürgermeister, sondern der Direktor des größten Werks bestimmt, was in der Stadt zu geschehen hat.

Die Gemeinde Ahrenshoop befindet sich nicht in der Lage des Jahres 1990, als sie Investoren brauchte, um sich auf die neuen Verhältnisse einzustellen. Ahrenshoop hat, von einigen Sünden abgesehen, das Kunststück vollbracht, die Modernisierung mit der Wahrung des Ortscharakters einigermaßen zu balancieren. In Zingst ist zu sehen, wohin es führt, wenn eine Gemeinde den Verlockungen des Großen und Neuen zu weit nachgibt.

Damit bin ich bei der Qualität. Nichts gegen Fünf-Sterne-Hotels – wo sie hingehören. Ein ‚Adlon' nach Ahrenshoop zu setzen, ist ebenso absurd, als wenn man in Berlin-Mitte zwischen Reichstag und Kanzleramt rohrgedeckte Katen baute.

Zu fragen ist ferner, ob Fünf-Sterne-Gäste nach Ahrenshoop passen. Nicht durchweg, aber großenteils werden sie Fremde sein und sich selber fremd fühlen. Es ist schwer vorstellbar, daß sie sich in diesen Ort integrieren und daß der Ort sie als ‚seine' Gäste empfinden und aufnehmen würde.

Was sind die Folgerungen? Entweder wird das Hotel nach großer Anlaufzeit halb leerstehen, oder es wird Ahrenshoop seine Ansprüche, Maßstäbe und seinen Stil aufnötigen. Das beginnt mit dem Verderben der Preise, mit Betriebmacherei und Vergnügungseinrichtungen, die Ahrenshoop bisher nicht kennt. Es setzt sich fort mit dem Wegbleiben der alten Gäste, und es endet mit einem Ahrenshoop, das nichts ist: weder Luxusbad für die Reichen noch gepflegtes Dorf mit Gästen, wie sie bisher kommen – Leute, die durchaus Ansprüche haben, aber nicht an Haifischbars mit Cocktails für zwanzig Mark, sondern an Landschaft, Stille und Kunst.

Ahrenshoop steht, das ist leider keine Übertreibung, an einem Scheideweg: Was will es sein, ein Platz, an dem Natur und Kunst sich verbinden, oder ein Modebad, das bei der heutigen Konkurrenz bald aus der Mode kommen wird?

gez. Peter Bender"

10

Das Konvolut beschäftigte mich tagelang; manche Passagen folgten mir auf Schritt und Tritt. Drastische Einsprüche hakten sich fest, Briefanfänge wie „Mit Bestürzung ..., mit Entsetzen haben wir davon erfahren", oder „wie schrecklich, sich solch ein Gebäude anzutun!" Das Grandhotel sei „die Filmkulisse zu Thomas Manns ‚Zauberberg'", auch das böse Fazit „Grand-Hotel = Schand-Hotel".

„Kein monumentales Neuschwanstein aus Beton, Stahl und Glas", hieß es da, und „bewahrt euren *noch* einmaligen Ort!" Der Wittenberger Pastor Friedrich Schorlemmer fand: „Das Grandhotel wäre eine Katastrophe für Ahrenshoop!" Und ein Witzbold hatte gereimt: „Als Kenner rieche ich den Braten / Das Honorar ist wohlgeraten / Mein Kompliment, Herr Architekt! / Wird dieses Monstrum auch errichtet / So haben Sie den Ort vernichtet". Sogar das Evangelische Pfarramt in Prerow äußerte seine Befürchtung, mit diesem Hotel gehe der Charakter des Künstlerdorfs unwiderruflich verloren.

Es waren weniger die maßvollen als die bizarren Proteste, die mich plagten. Da hatte doch jemand das Nobelhaus verglichen mit einem „Schlachtschiff der US-Navy, das in einem Südsee-Atoll ankert und das Leben des Inselvolks total umstülpt". Sowas ging mir nach, mein Abstand schmolz weg – jene Distanz, die ein Schreiber braucht, wenn er redlich sein und ernstgenommen werden will.

Ja, wie nun beginnen? Es gab zwei Wege: Die Geschichte der Hotels auf dem Schifferberg von den Anfängen her zu erzählen – oder der Sprung in den heutigen Streit. Das war spannend, es lockte viel mehr; ein Drama mit offenem Schluß. In langen Momenten ließ ich mich so treiben, überschwemmt von Emotionen, dem antikapitalistischen Reflex. Der Investor als heimlicher Schurke des Stücks, in Goldgräberlaune von Gier erfaßt dabei, dem Ort ein Monstrum zu verpassen. Selber längst schwerreich, ließ er sich seinen Coup aus dem Steuertopf fördern. Die Welt in der Nußschale dieses Dorfs, ein Polit-Thriller en miniature, Sittenbild aus dem Wirtschaftsleben.

Da ging es bekanntlich schlimm zu, es wurde gebolzt, verschleiert und gelogen; wer wußte das nicht seit den großen Finanzskandalen von der Wallstreet bis ins Berlin unserer Tage. Weltweit tätige Firmen boten ein Bild von Verrottung, schamlos sahnten Chefmanager ab, zu Lasten ihrer Angestellten wie auch der Aktionäre. Das System war makaber, es erlaubte Betrug und Diebstahl in größtem Stil. Aber all diese Raubzüge wirkten fast legal und seltsam unpersönlich, weil sie derart komplex waren, verzwickt, beinah unverständlich – und so weit entfernt schienen von normaler menschlicher Kriminalität.

Vorm Aufstehen pflegte ich komplett zu vergessen, daß nicht nur das Dorf, sondern auch ich selber am Scheideweg stand. Später, am Schreibtisch, sah ich dann, wie mir das Ding aus dem Ruder lief. Dies nämlich konnte kaum gut gehen. Es gab keine Story von alltäglicher Profitsucht mit kriminellem Hauch. Was ließ sich hier denn beweisen? Vorerst nichts, ich würde nachforschen müssen und dabei sehr bald behindert und ausgebremst sein. Wer den Geldnerv einer Firma streift, der ruft ihre Anwälte auf den Plan.

Schön glatt hingegen ein chronologischer Beginn; der Weg des geringsten Widerstands. Das Kurhaus im Schatten seiner Ahnengalerie. Dazu hatte der Heimatforscher Friedrich Schulz in seinem ersten Buch auf Seite 30 geschrieben: „Im Jahre 1891 kam aus Rostock ein gewisser Carl Molchin nach Ahrenshoop und baute auf dem Grundstück Dorfstraße 45 das Kurhaus, dem er den Namen ‚Bogislaw' gab. Molchin war ein Rostocker Schiffshändler, der von seinem Schwiegervater nach dessen Tode einen Holzhandel übernommen hatte und außerdem noch eine Gipsplattenfabrik besaß. Die Platten wollte er nach St. Louis in den USA verkaufen; hielt aber den Termin nicht ein und die Platten wurden ihm nicht abgenommen. Daraufhin ging die Fabrik pleite.

Nun verwendete Carl Molchin die Platten, auf denen er sitzengeblieben war, zum Bau mehrerer Häuser in Ahrenshoop, nämlich das Kurhaus, die Häuser von Kleinberg und Urbich, sowie die Häuser der Malerinnen Eva von Pannewitz und Helene von Choffel. Die Grundstücke hatte Molchin in Barth für 500,- Mark ersteigert.

Molchin war intelligent und energisch; er hatte eine laute Stimme und wenn er sprach, hörte man ihn weit ins Dorf hinein. Zum Schleppen des Baumaterials hatte er einen verkümmerten Schimmel, der die Loren vom Hafen durch den Sand zog. Noch nie war in Ahrenshoop ein Haus so schnell entstanden wie Molchins ‚Bogislaw'.

Den großen Saal des Kurhauses hatten die Maler Paul Müller-Kaempff und Friedrich Wachenhusen mit großen Wandbildern geschmückt (‚um Schulden abzubezahlen'), die Landschaftsmotive und Darstellungen aus dem Leben der Fischer zeigten. Carl Molchin setzte für das ‚Bogislaw' Pächter ein. Besonders tüchtig war der Pächter Rath aus Müritz, der mehrere Jahre lang das Kurhaus verwaltete. Er war auch bereit, das Haus zu kaufen, konnte sich aber mit Molchin nicht über den Kaufpreis einigen: Molchin verlangte 78.000,- Mark, Rath war aber nur bereit, 72.000,- Mark zu zahlen. Rath ging daraufhin nach Müritz zurück, wo er das Hotel ‚Erbgroßherzog' übernahm."

So detailgetreu wie kenntnisreich fuhr Schulz fort: „Der Bau des Kurhauses war ein deutliches Zeichen dafür, daß inzwischen auch in Ahrenshoop das Badeleben begonnen hatte. Eine neue soziale Gruppe entstand im Dorf: die der Zimmervermieter, zumeist Hausbesitzer aus den Kreisen, die nicht zu den Schifferfamilien gehörten; denn diese sträubten sich anfangs gehörig gegen den einsetzenden Fremdenverkehr. — Die meisten von ihnen hatten es finanziell nicht nötig, Gäste aufzunehmen, und bei ihrem ausgeprägten Standesbewußtsein hielten sie es auch für unter ihrer Würde, irgendwelchen Fremden Quartier zu geben und diese gar auch noch zu bedienen.

Für die Ärmeren im Dorf aber entstand hier eine lohnende Quelle des Zuverdienens. Ahrenshoop bot den Badegästen nicht viel Komfort; aber eine unberührte, malerische Landschaft, und zwischen den ersten Badegästen, den ersten Malern und ihren Wirtsleuten stellten sich nahezu familiäre Beziehungen her."

Besser ließ es sich kaum sagen, daher hätte ich den Passus gern zitiert, falls Autor und Verlag es mir erlaubten. Das verdienstvolle Werk war, reich bebildert, vor zehn Jahren unter dem Titel „Ahrenshoop" in Fischerhude erschienen, gestaltet von H. G. Pawelcik und herausgegeben von Andreas Wegscheider, dem Inhaber der „Bunten Stube" hier. Die Wegscheiders lehnten als Mitglieder des Förderkreises das Grandhotel ab, obgleich es auch ihnen – wie den anderen Geschäftsleuten im Dorf – ein Plus an Umsatz versprach, durch die hohe Kaufkraft künftiger Fünf-Sterne-Gäste. Und so durfte ich auf Zustimmung der Urheber hoffen.

11

Wegen seiner Rolle im Gemeinderat suchte ich tags darauf meinen Schwiegersohn auf, Udo Landuris, den ich als geradlinig schätzte. Er war so hilfreich gewesen, meine geschiedene Frau Johanna bei sich aufzunehmen, als sie infolge eines Altersleidens allein nicht mehr zurechtkam in Magdeburg. Das lag schon fast fünf Jahre zurück, täglich besuchte ich Johanna, meist aber ohne Udo, meine Tochter Uschi oder eines der zwei Enkelkinder zu sehen. Die Familie war ja beschäftigt, sie betrieb zwei reetgedeckte Landhäuser und ein Ferienhaus am Ortsende – zusammen rund hundert Betten. Weiter so, Leute!

Unterwegs ging mir ein Anruf der Zeitung „Neues Deutschland“ durch den Kopf. Früher, als Zentralorgan der Staatspartei, hatte das Blatt mich ignoriert, wegen meiner Nähe zu Stefan Heym. Jetzt aber wünschte es Unterstützung im Wahlkampf, wollte von mir eine Kolumne für die PDS. Warum nicht? Heym war tot, er hatte der PDS nahegestanden, eine Zeitlang für sie im Bonner Bundestag gesessen, und der Redakteur kannte unsere Beziehung. Nur, es fehlte mir jegliche Idee. Solch ein Beitrag lebt allein vom originellen Einfall.

Uschi war übrigens das älteste und schönste meiner Kinder. Die sanfte, manchmal auch entschiedene Art trug sicherlich bei zu ihrer Anziehungskraft. Ihr erster Freund war, als wichtiger Kraftsportler, der stärkste Mann in Magdeburg gewesen. Und geheiratet hatte sie, vor gut zwanzig Jahren, den bestaussehenden Burschen vom Fischland. Zweimal hatte Udo umgesattelt, vom Kfz-Schlosser, dann Ingenieur, zum Bodden- und Ostseefischer, und bald nach der Wende zum Hotelier. In jedem Sattel saß er fest. Als ihm vor elf Jahren das Haus niederbrannte, da hatte ihn das nicht entmutigt, sondern angespornt, neben dem eigenen drei weitere Häuser aus dem Boden zu stampfen; und Uschi hatte sie geschmackvoll möbliert.

Betrüblich bloß, daß es zwar mir nicht schwerfiel, diese Leistung zu würdigen – hatte ich sie doch stets vor Augen –, während sich ihnen mein Lebenswerk kaum erschloß, weil sie wenig lasen. Nach meinem Gefühl beschränkte sich ihre Lektüre eher auf so Praktisches wie Versandhauskataloge, Modejournale, Bauvorschriften oder Gebrauchsanweisungen. Daher konnte wohl ich ihren Erfolg respektieren, sie aber zur mir nur höflich sein.

Zeichen des Aufstiegs waren, neben den schmucken Landhäusern, die drei oder vier Autos der Marke Mercedes. Und jetzt, da ich sie wieder vor mir hatte, anthrazit oder schwarz, wurde dies mir zum Zündfunken, zur Schreibidee. Zu Johannas Erstaunen setzte ich mich nach der lebhaften Begrüßung – sie freute sich immer auf den kleinen Ausflug – an ihren Tisch und brachte flink, ehe der Funke da verglomm, meinen Zeitungsbeitrag zu Papier.

„Ich bin parteilos, immer schon, und als Wechselwähler gewiß kein Typ, den die Parteien besonders schätzen", schrieb ich. „Alle halbwegs linken sind für mich wählbar, und jede der drei hab ich wirklich schon mal gewählt – mit Blick auf das Programm und die Köpfe. — Diesmal muß es die PDS sein, damit sie nicht, durch blanke Übermacht der westdeutschen Wählerstimmen, im Bund an der Fünf-Prozent-Marke scheitert. Das würde, nach heutiger Datenlage, den Durchmarsch Edmund Stoibers bedeuten, uns also jene Mitte-Rechts-Liga bescheren, die wir bis 1998 so ausgiebig schon hatten.

Gregor Gysis Rücktritt hindert mich da nicht. Der stellt sich mir dar als ehrenhafter Schritt eines Politstars zur Schadensbegrenzung bei eben der Partei, für die halt spezielle Anstandsregeln gelten. Gysi sah die Gefahr einer ‚Persönlichkeitsveränderung' bei sich, durch schier unbewußtes Nutzen von Privilegien. Und aus eher kurioser Erfahrung nehme ich ihm das ab.

Nämlich, ich fahre einen grünen Passat, und es geschah in Ahrenshoop, dem Künstlerdorf, daß eine träumende Malerin mich rammte. Für die Zeit der Reparatur gab mir die VW-Werkstatt einen Bora. Das Auto war eine Nummer kleiner als meins, doch seltsam, es machte mich größer. Mit der oft lästigen Gabe der Selbstbeobachtung gestraft, ertappte ich mich dabei, mehr Achtung zu erwarten, wo immer ich vorfuhr – bloß, weil der Wagen schwarz war. Da ging mir auf, weshalb Geschäftsleute und Politiker nicht nur gern richtige Anzüge tragen, um seriös zu wirken, sondern auch schwarze Limousinen lieben: Man soll sie gefälligst ernst nehmen!

Vor gut 80 Jahren beherrschte Henry Ford I. dank seines T-Modells, genannt Tin-Lizzy, Amerikas Automarkt total. Da sagte er im prallen Selbstgefühl des Tycoons, der den Käufer fast so geringschätzt wie die Konkurrenz: ‚Der Kunde kann beliebige Farbwünsche äußern, aber schwarz muß der Wagen sein.‘ Heute nimmt Edmund Stoiber offenbar an, er säße bald im Kanzleramt. Er scheint mir siegessicher genug, um im Ford-Stil zu denken: ‚Der Wähler mag beliebige Farben ankreuzen, aber schwarz muß die Führung sein.‘ Versuchen wir doch mal, das zu durchkreuzen, mit dem Kreuz bei der PDS.“

Da klopfte es, und mein Schwiegersohn trat ein. Ihm als dem örtlichen Haupt der CDU konnte der Text, zu dem seine Autos mich angeregt hatten, nur mißfallen. Also steckte ich den weg und fragte Udo, wie es denn gekommen sei, daß die Hotelkette ihr Projekt im letzten Herbst zurückgezogen habe, zwecks Neugestaltung. Der alte Entwurf à la Kaiserbad sei doch von seinem Bauausschuß und den Gemeindevertretern mehrheitlich gebilligt worden?

„Zur öffentlichen Auslegung bestimmt“, räumte er ein. „Ja, ich stand hinter dem Ding, bis all die Proteste mir auf den Geist gegangen sind. Wir haben sie dem Investor gezeigt, und den hat das auch beeindruckt.“

„Der Geschäftsführer kennt sämtliche Briefe?“

„Na sicher! Es war völlig legitim, sie ihm vorzulegen.“

Also hatte Garcón meinen Einspruch gekannt, ehe er mich anwarb. Und es hatte ihn nicht gestört. So fest baute er auf die eigene Überzeugungskraft oder die seines Schecks.

„Aber wenn er euch Gemeindevertreter hinter sich wußte, wieso gab er dann nach?“ fragte ich. „Es war immerhin schon der siebte Entwurf. Seine Anwälte müssen ihm doch gesagt haben, daß Proteste – außer wenn sie von Grundstücksnachbarn kommen – gar keine Außenwirkung haben. Für ihn gilt das Wort des Bürgermeisters, der sich auf euer Votum stützt. Weshalb hat er die Einsprüche nicht glatt abtropfen lassen? Von ihm ist doch der Satz: Nur Narren nehmen alles, was da so geredet oder geschrieben wird, für bare Münze.“

Das hatte Garcón zwar nicht gesagt, jedenfalls nicht zu mir, doch es hätte zu ihm gepaßt. Zu meiner Streitkultur gehörte es, anderen Worte in den Mund zu legen, die ihnen zuzutrauen waren. Und richtig, Udo hielt inne, er dachte nach. „Alex will’s ganz genau wissen“, sagte er zu Uschi, die gerade hinzukam.

„Papi, du nervst“, sagte meine Tochter; die kindliche Anrede milderte den Tadel. „Was hast du bloß gegen den Neubau? Soll die Ruine dort ewig stehen? Das Grandhotel schafft Arbeitsplätze …“

„… und es macht euch eines Tages Konkurrenz.“

„Eben nicht! Ganz andere Gäste zieht es her.“

„Und winkt mit tollen Jobs: Animateure, Promenadenwächter, Croupiers, Hundeausführer, Golfballsucher, Paparazzi …“

Eine Zeitlang tauschten wir die bekannten Argumente aus. Udo und Uschi wußten Bescheid, von Sylt bis zu den Alpen waren sie durch das Hochpreissegment des Hotelwesens gestreift. Kürzlich hatte *Baltic Flair* sie in ihr neuestes Haus gelockt, um ihnen kostenlos alles mögliche zu bieten, vom Spaßbad bis zum Varieté. Dies und ein schönes Festmahl im Beisein eines der Großaktionäre umschmeichelten die Sinne meiner Tochter. Nach meinem Eindruck haftete das in ihr als Tagtraum eines glücklichen Lebens. Und während ihre romantische Phantasie, die weibliche Empfänglichkeit geblendet war durch solch herrschaftlichen Lebensstil, hatte man Udo erzählt, viele der künftigen Gäste des Grandhotels würden Tagungsteilnehmer sein, die auf Firmenkosten reisten, so unser Dorf schätzen lernten und, kämen sie dann privat wieder, gewiß preiswerter absteigen, also etwa seine Landhäuser vorziehen würden.

Das hatte ihn davon überzeugt, daß ihm keine Gefahr drohte von dem Prunkschloß am Schifferberg. Vielleicht sah er auch sich selber schon in dessen Festsaal, plaudernd und tanzend, betört vom Duft der Frauen, vom Glanz der Welt? Von gleich zu gleich mit Hochgestellten reden und trinken, wobei man einander Tips gab und ihren Respekt genoß. Der Sprung nach oben, den hatte er geschafft als einer, dem früher mal der Schmutz fremder Autos in den Poren saß. Auch ihm bedeutete das Grandhotel mehr als ein Prachtbau, als das Schmuckstück jenes Hotelkonzerns; es war – und mitten hier im Dorf! – sein Traum von Geltung, Anerkennung, lieblicher Weiblichkeit und funkelnder Eleganz. — Nun ja, nicht jeder konnte dabei sein, die Preise hielten manchen fern, Vermieter schlichterer Quartiere etwa schieden aus. Man war halt unter sich wie einst in jener sagenhaften, vorkommunistischen Zeit: Platz für jedermann und jedermann auf seinem Platz! Jedem das Seine.

Als ginge nichts davon ihm jetzt durch den Sinn, weil all das bloß meiner Einbildung entsprang, sagte Udo: „Schuld an dem Stopp letzten Herbst war die Idee dieses Malers, mit dem deine Vera bei mir aufgekreuzt ist."

„Hasso Erlenbach?"

„Genau. Nach soviel negativer Kritik endlich mal was Positives! Ein plausibler Gegenentwurf zu dem Bau à la Wilhelm zwo. Das haben wir natürlich aufgegriffen und gern hochgereicht, es hat auch dem Garcón gefallen. Wenn du mehr wissen willst, frag diesen Maler! Ruf ihn doch an in Berlin, wo der sein Atelier haben soll."

12

Da es mir schwerfiel, am Telefon etwas zu erfahren, wurde es September, ehe ich den Maler erreichte. Hasso M. Erlenbach schien dabei, nach Wustrow zu übersiedeln. Wie so viele Künstler vor ihm zog es ihn aufs Fischland. Und dabei fiel sein Blick auf die alte Mühle am Nordosteingang des Nachbardorfs, aus der ein gewisser Robert Schumann bereits vor fünfunddreißig Jahren ein Ferienhaus gemacht hatte.

Schumann, längst verstorben, war mir als gewiefter Autofachmann und als mein Nachbar am Althäger Hafen im Gedächtnis. Er hatte nach dem Krieg die erste Buslinie nach Ribnitz eröffnet, später jene legendäre Wartburg-Werkstatt betrieben, in der auch mein Schwiegersohn und dessen Bruder Tom das Kfz-Handwerk erlernt hatten. Schumanns Bootshaus, es grenzte an meinen Steg, barg ein kleines, aber PS-starkes Motorboot. Damit drehte er stets beifallheischend eine Hafenrunde, bevor er voll aufs Gas ging und vor aller Augen mit jäh steigendem Bug hinausschoß auf den Saaler Bodden. Das mochten seine letzten Glücksmomente gewesen sein.

Erlenbach – was würde von ihm kommen? Vor langer Zeit hatten wir uns gemocht und dann unmerklich voneinander entfernt. Auf Waldspaziergängen freundeten wir uns an, die waren mir als Kern der Beziehung lebendig geblieben. Neigten wir doch beide zur Melancholie, auch zu Schlafstörungen; der Maler hatte mir seine Klinikerfahrung nahegebracht. Einmal war er mit Schlummermusik und Wellenrauschen beruhigt worden. Das rief tatsächlich einen meditativen Zustand in ihm hervor, bis ein dumpfer Laut den Effekt verdarb. Offenbar hatte man das Plätschern mit Badewasser erzeugt, in das dann irgend etwas (Seife oder die Bürste) hineingerutscht war. Nun schlief Erlenbach, so behandelt, nicht mehr ein: zwanghaft auf das Plumpsen lauernd. Ende der Tonband-Therapie oder bloß eine Schnurre? Komisches reizte ihn, daher neigte er zur Clownerie und tischte schon mal Märchen auf, die er selbst freilich für wahr hielt, jedenfalls beim Erzählen.

Ich traf ihn in weißem Hemd, weißer Hose und trüber Stimmung an vor dem Teich, der zum Grundstück gehörte. Der Teich galt als Biotop, was es Erlenbach verbot, einen Bungalow zu errichten, der ihm als Atelier hätte dienen können. Ratlos stand er da, erdrückt von Problemen, unter denen das Kurhaus wohl das letzte war. Und während ich ihn an seinen kühnen Hotelentwurf vom letzten Jahr erinnerte, fiel mir ein, daß das M in seinem Signum der Vorname Morales war, den er sich selbst beigelegt hatte. Für ihn war Moral untrennbar von seinem Tun, ja von Kunst überhaupt. Einerseits ging die „nach Brot", wie die Historikerin in Anklam gesagt hatte, andererseits diente sie, was ihn anging, immer den anderen; das schien mir der mahnende Sinn seiner Namensgebung zu sein. In guten Momenten leuchtete sein Blick, da glühte er von innen, wie nur ein gütiger Mensch es kann.

„Auch die Profitsucht muß gewisse Grenzen achten", teilte er mir bitter mit. „Aber der Herr Garcón ist ja Jurist, Anwalt eigentlich. In Frankreich, wo er herkommt, ist das übrigens kein Schimpfwort; da läßt so ein Mann sich mit ‚Maître' anreden, ‚Meister'. — Robespierre, Danton und

Saint-Just sind Anwälte gewesen, mit keiner anderen Macht versehen als der des Wortes. Ihre Rede war geschliffen wie das Messer der Guillotine, und Garcón gefällt sich in dieser Tradition. Weißt du, Alex, was er mir gesagt hat, als ich bei ihm war in Köln? Da hat er André Malraux zitiert: ‚Die Wahrheit eines Mannes liegt vor allem in dem, was er verschweigt.‘ Und eben das gilt für ihn selber! Meinen Protestbrief zum jüngsten Entwurf ignoriert er. Der Rest ist Schweigen.“

Bei dieser Rede glitt ihm ein Widerschein seiner reizbaren Verfassung übers Gesicht, und seine Augen – groß und glänzend wie auf Bildnissen Goethes – blickten abwechselnd ernst, stolz, lustig oder bedrückt. Garcón hatte ihn düpiert: im Sitz von *Baltic Flair* nett empfangen, ihm scheinbar aufmerksam zugehört und seine Bauskizzen warm begrüßt, um denen dann ein paar Ideen zu entnehmen – bloß das Äußere betreffend, wie die Wellengestalt der Fassade – und ihm selber nicht mal die Fahrtkosten zu erstatten. Solches Gebaren war wenig fair.

„Säßest du in Ahrenshoop, Hasso, als Gemeindevertreter oder gar im Bauausschuß, hättest du ihn weniger knauserig erlebt.“

„Darum geht's mir nicht. Nein, bei meiner Kritik des Kaiserbad-Entwurfs hab ich an seine Ehre appelliert, an sein französisches Formgefühl, und was kam da von ihm? Er habe schon ein ganz spezielles Ehrgefühl und viel persönliche Nähe zu Stilelementen der Belle Epoque. Seine Mutter sei nämlich ein illegitimes Kind des österreichischen Erzherzogs Franz Ferdinand gewesen, des Thronfolgers, den man Ende Juni 1914 in Sarajewo bekanntlich auf offener Straße erschossen hat!“

Der Maler beherrschte die Kunst, sich in Zorn zu reden, ohne den Blick auf die Wirkung beim Zuhörer zu verlieren. Ich war mir nicht sicher, wer da der Märchenonkel war:

Garcón mit einem echt keltischen Hang zu mystischer Romantik, oder Erlenbach selber, der wieder einmal kindlich auf mich wirkte in seiner Verletzbarkeit und auch in der Lust am Ausschmücken von Szenen seines Lebens; an Erfindungen, an die er glaubte, solange er sie vortrug.

„Enkel des Thronfolgers, ha!“ fuhr er fort, die Augen so schmal jetzt wie die Lippen. „Weißt du denn, was das ist, ein *garçon*?“

Ich kann kein Französisch und verneinte.

„Na, Bursche heißt das, Kellner ruft man noch heute so in der Provinz – und eben das ist er: Laufbursche zwischen oben und unten, ein Apparatschik im Mittelbau des Konzerns. Übrigens hat seine Mutter ihn ‚Benito‘ getauft, vermutlich nach dem Duce, Benito Mussolini. Und so führt er sich auch auf. Der sagt dir Nettigkeiten, lobt deine Bilder, lauter solche Sachen, und dann bist du ein Nichts, eiskalt abserviert.“

Da Erlenbach nicht nur Maler und Grafiker, sondern auch Bildhauer war, hatte er gehofft, die Projektierung mit Rat und Tat begleiten zu können. Der Geschäftsführer hatte ihm das angedeutet, jedenfalls auf gleicher Augenhöhe mit ihm gesprochen. Trotzdem fand ich, er nehme dies zu persönlich. War Garcón für ihn denn nun Laufbursche oder Duce? Benito Garcón – so klangvoll fast wie Lino Ventura, der Filmstar, dessen Name alle fünf Vokale enthielt.

Doch ich hatte den Freund unterschätzt. Er war in der Welt herumgekommen und wußte durchaus, wie es zuging im Geschäftsleben: ungleich härter, plebejischer und ruchloser als in den Sphären der Kunst. „Der Mann hat mich benutzt, um die Protestwelle zu durchtauchen“, hielt er fest. „Oberflächlich, per Fassade, ist für ihn alles bereinigt. Weil mein Plan aber deutlich unter zweihundert Betten blieb, war der chancenlos. Seine Chefs zwingen ihn, zu klotzen. Mehr Länge, Höhe und Tiefe, mehr, mehr, mehr –

vor allem mehr Kohle! Und genau das hat zerstörerisches Potential für den Ort."

Im Erdgeschoß der Mühle, deren Fenster ihm zu wenig Arbeitslicht boten, zeigte er mir seine letzten Briefe an *Baltic Flair* und an das Amt Darß/Fischland in Born. „Es muß noch was passieren! Das aktuelle Modell kehrt sich ab vom Kaiserbad, ohne zu wahrem Respekt vor dem Dorf zu finden. Und das Modellfoto ist frech getürkt, es täuscht über die Größe des Hotels hinweg."

„Kannst du mir Kopien der Briefe leihen?"

„Gern, Alex – bloß wozu?"

„Für einen Text: Das Kurhaus im Wandel der Zeiten." Ich brachte es nicht fertig, ihm zu sagen, für wen ich den schrieb und was mir Garcón dafür zahlte. Erlenbach hatte mehr Zeit und Schwung investiert als ich und war nicht nur leer ausgegangen, sondern er mußte sich auch bestohlen fühlen.

„Geh mal in die Ruine am Schifferberg, die man bewußt verfallen läßt", riet er mir zum Schluß. „Orte sind nicht nur Orte, sie sind bewohnt von Geistern der Vergangenheit."

Ich versprach es und dankte ihm. „Paß auf dich auf", fügte er am Zaun besorgt hinzu. „Das sind gefährliche Leute, deren Finger sind überall! Die haben eine Lobby in Schwerin, der Wirtschaftsminister ist ihr Mann, der setzt schon eure Gemeinde unter Druck: Falls sie dem Investor nicht endlich entgegenkommt, dreht man ihr sämtliche Förderhähne zu!"

Vom Gartentor aus winkte er mir wie verloren nach, ein guter Mensch mit viel reflektiver Distanz zu sich selbst; gewohnt, daß man versuchte, ihn an den Rand zu drängen. Derlei Bedrohungen gehörten zu seinem Lebensgefühl, als Kontrapunkt seiner schöpferischen Vielfalt und Potenz. Mir blieb ein Nachgeschmack, ein Mißbehagen, als sei ich daran beteiligt, ihn auszunutzen.

13

Wieder einmal eilte die Phantasie den Dingen voraus. Ehe ich aufbrach zur Kurhaus-Ruine, stellte ich mir vor, unter dem Schutt der Jahre ein vergessenes Gästebuch zu finden. „Das kann doch einen Seemann nicht erschüttern", hatte Heinz Rühmann 1938 bei Dreharbeiten auf dem Fischland dort vermerkt. Elf Jahre später gefolgt von Heinrich Mann: „Die Zukunft ist erkennbar in den Kämpfen der Gegenwart; auf seiten geraden Denkens und aufrichtigen Handelns ist im Vorhinein der Erfolg!" Was für Optimisten, beide!

Im August 1950 hatte Bertolt Brecht zwar im „Dornenhaus" logiert, wie vor ihm schon der spätere Filmstar Christine Lazar, doch öfter im Kurhaus gespeist und dort die Zeilen hinterlassen: „betrachtend die brandung, überdenke ich die nutzbarkeit dieser kraft und entwerfe schnell folgendes kleine lied: laßt das wasser / nicht nur zerschellen / schützt die dünen / doch nützt auch die wellen / ihr dürft nicht nur / für das nötige sorgen / was sinnlos schäumt / ist kraft von morgen!"

Bei diesem „lied des wellenbetrachters" fiel mir ein, es existierte wirklich, wenn auch nur als Parodie aus der Feder meines alten Freundes Dieter H., eines lustigen Theaterwissenschaftlers. In den 60er Jahren hatte der ein paarmal bei mir gewohnt und noch mehr solcher Verse hinterlassen, gemünzt etwa auf Johannes Tralow, der in seinen letzten Sommern jungen Mädchen am Nacktbadestrand aus seinen Werken vorlas, oder auf Johannes R. Becher.

In den frühen 50ern war Becher von seinem Domizil, dem „Dünenhaus" am Schifferberg, die hundert Schritte zum Kurhaus spaziert, um dort – laut Dieter H. – zu schwärmen: „O Strandkorb, Schale der Wärme / sonnzugewandt dem unendlichen Blau / Schilfdach an Schilfdach / ragend landeinwärts / Kurhaus du / nachbarlich stärkender Bau.“ Drei Jahre nach Bechers Tod schloß sich der erste Sowjet-Kosmonaut ihm schwungvoll an: „Genosse Gagarin grüßt alle Genossen, die hier wohnen werden!“

So spann mein Freund den Faden weiter bis zu Josef Svějks Notiz: „Wenn uns die See, die Sonne und der Wind nicht störten, wär es hier beinah so schön wie beim Budiker Palivec im Kelch.“ Und so fort. Ich hatte das öfter einem Gast vorgelesen und kannte es auswendig. Erst bei Wieland Wagner („Wogende Wellen wütender Wetter / Stürzende Stürme stressen die Stirn uns ...“) ließ das Gedächtnis mich im Stich. Welch ein Spaß, dies in der „Chronik“ zu zitieren! Nur Germanisten hätten den Schwindel wohl bemerkt.

Tags darauf bahnte ich mir, auf den Spuren Erlenbachs, durch Gestrüpp einen Weg zur Ruine, umrundete sie und fand sämtliche Zugänge verrammelt. Zähes Sperrholz vor den Türen und hinter allen Scheiben. Im zweiten Stock zwar lockte ein zertrümmertes Fenster, und ich erwog, von meinem Segelpartner Günter Wrase eine Leiter zu erbitten, grenzte dessen Grundstück doch fast an das Kurhaus-Areal. Doch eben deshalb verbot sich das. Kapitän Wrase schien dabei, gegen den Gigantismus des geplanten Grandhotels rechtlich vorzugehen. Da konnte Hilfestellung beim heimlichen Zutritt zur Ruine ihm nur schaden.

So stand ich auf dem Hof und starrte die rissigen Mauern an. Mir zu Füßen, aus zerborstenem Beton, wuchsen Quecken, Brennesseln und Wiesenkerbel. Nein, die Magie des Ortes, wie von Erlenbach beschworen, stellte sich so kaum ein. Das Bauwerk war um 1993 verlassen und durch Souvenirjäger geplündert, wenn nicht verwüstet worden. Zeitweilig hatten Jugendliche darin gehaust, das erinnerte mich an jene Radarstation an der Steilküste bei Niehagen, die bald nach der Wende von jungen Wilden aus der Berliner Oranienstraße, der Künstlergruppe „Tacheles“, besetzt und aufreizend bemalt worden war.

Statt Inspiration nur Dreck und Unrat! Schwach drang ein Hauch von Fäkalien heraus. Dies brachte mir das Wort eines Existenzgründers zurück, der bei dem mühsamen Versuch, nebenan ein Hotel zu eröffnen, geseufzt hatte: „Bei euch liegt pures Gold, Alex, bloß mit ’ner dicken Schicht Scheiße darüber, die mußt du erst mal wegbaggern, und das schlaucht!“

„Das einzige Gold hier, Harald, steckt vielleicht in deinem Kopf“, hatte ich erwidert und damit höflich auf seine Idee angespielt, in seinem Tanzlokal Showtimes, Entertainment und Disco-Events zu entfalten; den ganzen Rummel, der Gift war für die Beschaulichkeit eines Dorfs, das seit über hundert Jahren von eher stillen Gästen lebte. Um Natur und Kunst ging es denen, schrilles Treiben konnte sie verprellen.

Harald aber – einer der wenigen Jungunternehmer, die Kultur immerhin gelten ließen, ja sogar Romane lasen – konterte trocken: „Das einzige Gold, das ich im Kopf hab, sind meine Zahnkronen.“

So hatte der Schelm mich entwaffnet. Sein Satz von dem Zeug, das es wegzubaggern galt, hätte auch zu Benito Garcón gepaßt. Zwar äußerte der sich wohl geschliffener, doch sein Ziel war faktisch dasselbe: Weg mit allen Einsprüchen und dem Unrat hier, um jene Goldader freizulegen, die längs des Schifferbergs verlief. Laut Erlenbach hatte der lokale Starrsinn ihn arg verblüfft. Einmal erst in seiner Laufbahn, irgendwo fern in Afrika, sei es ihm passiert, als Bote des Investors nicht jubelnd empfangen und wie ein höheres Wesen verehrt zu werden, dem man schlicht zu Füßen lag.

Zur Melodie des alten SED-Hits von der Partei hatte der Maler das Spottlied verzapft: „Der Garcón, der Garcón, der hat immer recht ...“ Und als Freund romanischer Kultur darauf verwiesen, was denn ein Manager im Grunde sei: jemand, der die Peitsche knallen ließ! Gehe das Wort doch zurück auf das italienische Verbum *maneggiare*, was „Pferde zureiten“ hieß und mit Manege zusammenhing, dem Ort von Darbietungen geglückter Dressur. Eben das solle nun aus dem Dorf werden, ein Zirkus nach dem Motto: Menschen, Tiere, Sensationen.

An dem Punkt trüben Sinnens winkte mir von unten Hans Götze zu, seit acht Jahren unser Bürgermeister. Er wohnte am Nordende der hübsch gepflasterten Straße, die einst nach Hermann Göring und dann wieder Am Schifferberg hieß. Wir duzten uns; ich achtete seinen Weg zum Funkoffizier der DDR-Handelsflotte, der mit ihrer Auflösung endete. Kürzlich hatte ich ihm meinen Seeroman „Die Beute“ mitgebracht, weil darin der Funkoffizier des Hilfskreuzers, von dem das Buch handelt, eine Schlüsselrolle spielt.

Sein Händedruck war fest wie ein Marinegruß. Er war unterwegs in sein Amt, ich schloß mich ihm an. Götze kannte meinen Standpunkt zum Grandhotel, wußte aber nicht, daß ich an dessen Chronik schrieb. Ich sagte es ihm jetzt, und als fairer Gegner bot er mir Unterstützung an – Einblick ins Dorfarchiv wie in all die so wechselhaften Pläne des Investors. Im Laufe der Zeit hatten die zwei oder drei Architekturfirmen, die *Baltic Flair* beschäftigte, die unterschiedlichsten Entwürfe vorgelegt, acht bis jetzt, und in pompösen Silhouetten oder seltsamen Grundrissen geschwelgt, die auch schon S-förmig und Y-förmig gewesen waren. Doch nie hatten sie weniger als 200 Betten vorgesehen, oft noch viel mehr, so daß der Kern aller Kritik stets an ihnen abgeperlt war.

14

Welch ein sperriger Stoff! Doch Vertrag war Vertrag. Tagelang vergrub ich mich in die Historie, durchblätterte Schriften und sprach mit Einheimischen, die das alte Kurhaus besser gekannt hatten als ich. Reden ist Silber, Schreiben ist Gold – also fang endlich an!

Anno 1908 war Carl Molchin gestorben, der poltrige Erbauer, und für die nächsten fünfzig Jahre war mir der Ablauf klar. Molchins Witwe verschuldete sich, bis ein Fräulein von Walsleben das Haus 1911 samt Hypothek erwarb, 3.000 Reichsmark in die Dampfheizung steckte und für Wannenbäder ein Rohr zur Ostsee legen ließ. Und zwar von Ortskräften: Maurermeister Helms nahm die Umbauten vor, Malermeister Gräf zauberte viel Grün in die Räume; durch das Dünenwäldchen legte man einen Fußweg zum Strand. Und nun nahten illustre Gäste, sogar von Adel, angelockt durch gute Küche, Abendgesellschaften und Kostümfeste. Stabsoffiziere stiegen ab im „Bogislaw“, selbst die zwei oder drei Generäle erschienen dort, die sich nahebei Sommersitze gebaut hatten.

Das Fräulein nannte ihr Hotel „Haus Wenden“ und machte es bei Kriegsausbruch zum Lazarett. Selber reiste sie als Schwester des Roten Kreuzes nach Sibirien, um deutsche Gefangene zu pflegen. — Hier hielt ich inne, zweifelnd an der Lesbarkeit des Textes. Er hob sich kaum ab von dem, was Labusch über das Kurhaus auf Usedom zu Papier gebracht hatte. „Interessant, aber langweilig“, hätte da der Redakteur zu Egon Erwin Kisch gesagt. Wen riß das vom Stuhl?

Und staubtrocken ging es weiter: Das tapfere Fräulein, heimgekehrt in ein Reich, das keinen Kaiser mehr hat, wird nun Gattin des Herrn von Steinäcker. Da verkauft sie das Kurhaus 1919 an den Seidenweber Oetker aus Krefeld und an den Stadtrat a. D. Falkenberg. Ihr Privathaus nebst Café, südlich des Kurhauses erbaut, will sie „Bogislaw" nennen, damit der alte Name fortlebt. Doch Falkenberg verwehrt ihr das, worauf das Café schließlich – und bis heute – „Namenlos" heißt. Das Sagen im Kurhaus hat ein Fräulein Bretschneider aus Berlin; ihr Vater leitet dort den Schlachthof.

Nach mehrfachem Pächterwechsel kauft Heinrich Neumann, ein Gastwirt aus Westpreußen, 1932 das in der großen Krise darbende Kurhaus. Anfang 1945 stirbt er und wird gleich hinter seinem Hotel auf dem Friedhof am Schifferberg beigesetzt; die Trauerrede hält Pastor Ernst Löber. Nach Flüchtlingselend und Einquartierung richtet Neumanns Witwe Emma das Haus zum 1. Juni 1946 mühsam wieder her für Gäste; die müssen ihre Bettwäsche mitbringen, zahlen aber auch nur 1,45 Reichsmark pro Übernachtung.

Ein Jahr später schon, im Juli 1947, lädt Johannes R. Becher drei Dutzend Kulturbundleute ein, um das zu erörtern, was man „geistige Erneuerung" nennt. Deutsche an einen Tisch! So unterschiedliche Köpfe wie den Chefredakteur Klaus Gysi, Schwerins Domprediger Karl Kleinschmidt und seinen Adlatus Alexander Abusch hat er da um sich versammelt. Selbst Ernst Lemmer und Ferdinand Friedensburg fehlen nicht: CDU-Politiker, die bald nach rechts ausscheren werden.

Den Schlußpunkt setzt auch hier im Februar 1953 die finstere Aktion „Rose". Jäh fällt Kriminalpolizei ein ins Dorf, schließt und versiegelt alle Gastwirtschaften zwecks „Beweismittelsicherung"; die Inhaber nimmt man fest. Das Ehepaar Lüning, die Neumann-Erben, kommt zwar frei nach kurzer Haft. Doch ihr Haus sind die Lünings los, es wird für den Kulturbund vom DDR-Reisebüro fortgeführt.

„Deine Chronik“, sagte mein Sohn, als er hineingeguckt hatte, „Kost für schlichte Gemüter! Die Masche ist doch simpel, Sascha – eine links, eine rechts und in der Mitte keine fallen lassen. Das ist dein Strickmuster, der Klein-klein-Journalismus von Massenblättern, mit dem Big Money die Leute manipuliert.“

Ich ließ ihn stehen, so sehr ärgerte mich das. Er hatte noch nicht mal recht: wäre es wenigstens unterhaltsam, wäre es Gossip gewesen! Es war jedoch langatmig, monoton. Also suchte ich nach einer fesselnden Eröffnung und begann, mit Perspektiven zu jonglieren. Der Stoff glich einer Kerze, brennbar an beiden Enden für den, der selbst entflammt war. Und natürlich fand Fred, ich zünde sie am falschen Ende an, bei der Vergangenheit, die ihn kalt ließ. Riskier's doch mal, das alte Erzählmuster aufzubrechen, wollte er mir sagen. Nimm die Herausforderung an, stoß die Tür zum ganz Neuen auf! Das faktische Nebenhin von Erzählen und Ermitteln, so als würde ich all das ungesteuert laufen lassen, eben dies konnte spannend werden. — Mal sehen, was passiert!

Inzwischen langte ich, nicht mehr auf Quellen gestützt, bei eigenen Erinnerungen an. Im Juni 1955 war ich, in meinem ersten Auto, von Graal-Müritz aus durchs Fischland gerollt; schließlich erstaunt über den romantischen Sandweg, gesäumt von wunderschönen Bäumen, und über die gefährlichen Reste eiserner Buhnen am Strand. Vier Jahre später kam ich mit Johanna wieder, für zwei Urlaubswochen im Kurhaus. Dem stand ein Herr Bollow vor, der sprach jeden Gast mit „Herr Doktor“ an – fälschlich meist, doch dann wenigstens schmeichelnd. Die Matratzen waren gräßlich hart, klumpig gewellt wie die Dorfstraße, und die Tanzkapelle Rolf Hurdelhey nahm uns bis zur Polizeistunde – ein Uhr nachts – oft den Schlaf. Genauer: Hurdelheys Bassist. Dumpf schlugen die tiefen Tonfrequenzen zu uns hoch, sogar durch Ohropax. Der Kapellmeister, unser Strandkorbnachbar, bedauerte das selbst; er verwies auf die schlechte Isolation durch den Gips, aus dem das Haus ja bestand.

Man hatte Stammplätze beim Essen, da lagen vor einem flache Täschchen mit dem Namensschild. Sie enthielten Stoffservietten, die bei Bedarf gewechselt wurden. Mit uns am Tisch saß eine Dame, Tennissiegerin von 1936. Heutzutage – so erklärte sie uns dreißig Jahre vor Graf und Becker – flögen die Bälle ihr zu rasant, die Champions schmetterten dermaßen hart, daß ihr, wäre sie auch noch so flink wie einst, keine Chance bliebe.

Nun kamen wir in jeder Saison wieder, manchmal im „Haus am Strom“ oder in der „Seeschwalbe“ untergebracht, und merkten, daß Herr Bollow – seinem Amt nicht recht gewachsen – im Juli 1961 durch Erich Kalweit ersetzt wurde. Der agile Ostpreuße hatte zuvor im thüringischen Kurort Friedrichroda das Ferienheim „Walter Ulbricht“ geleitet: 450 Betten. Das Kurhaus enthielt nur ein Zehntel davon, galt aber als so wichtig, daß Kalweits Gehalt dank des Umzugs von 600 auf 800 Mark stieg. Das hörten wir, nachdem wir uns mit ihm und seiner Frau angefreundet hatten. Die Kalweits luden uns sogar ein, in ihrer Wohnung oben im Nordtrakt des Kurhauses ein paar Folgen der Fernsehfassung meines Romans „Das grüne Ungeheuer“ mitanzusehen; wir hätten die sonst verpaßt.

Zu jener Zeit war die Ex-Gattin des Schauspielers Fred Düren unsere Tischgefährtin. Amüsiert erzählte sie uns, im Privatleben sei ihr geschiedener Mann extrem scheu – unfähig, ein Lokal wie dieses ohne größte Überwindung zu betreten. Das verblüffte mich, hatte Düren doch im „Grünen Ungeheuer“ als wortkarg-düsterer guatemaltekischer Oberst Castillo Armas den bulligen General Ydigoras Fuentes, vital verkörpert von Ivan Malré, schlankweg an die Wand gespielt … Welch eine Enthüllung!

Also, es wimmelte von Prominenz und deren Klatsch. Zwei Tische weiter saß Friedrich Karl Kaul, Professor und Starjurist; ähnlich dem Kurhausgründer Carl Molchin sprach er gern ungeniert laut. Von seinen Initialen (FKK) leitete der listige Mann das Recht ab, auch außerhalb des Nacktbadestrandes südlich der Rehberge, den ein Warnschild mit der Weisung *Wandergruppen Umleitung*! eher dürftig vor Spähern schützte, hüllenlos zu sein. Eifrig auch fürs Fernsehen tätig, empfahl er seinem Tischgenossen, dem fünf Jahre jüngeren Professor Kurt Maetzig, einen ganz bestimmten Darsteller. Darauf fragte Maetzig ihn, ob er denn nicht wisse, daß der Mann ein Nazi gewesen sei. Lärmend erwiderte Kaul: „So, war er das? Hoffentlich ist er es nicht mehr, denn ich bin immer noch Jude.“

15

Wie um Freds Vorwurf zu bestätigen, das sei Stil der Klatschblätter, reihten sich die Anekdoten glatt aneinander. All das floß mir zwanglos aus der Feder, bis ich die hinwarf in dem Gefühl, das Bild triefe schon vom Zeit- und Lokalkolorit der Nachkriegsjahre. Und doch war da noch soviel!

Etwa Ludwig Tureks Klage über all die Frauen, auch ganz junge Mädchen, die ihm unentwegt nachstellten; nicht nur am Strand. Er hatte ein abenteuerliches Leben hinter sich und war Anfang sechzig, als er zu mir sagte: „So jung und schon verdorben! Nicht mal mich ollen Zausel lassen se in Ruhe.“ Und als ich ihn fragte, ob es ihn denn nicht störe, daß Teenager zwar oft knackig seien, aber ihm doch geistig unterlegen, was ein Gespräch erschwere, gab er mir hinterhältig recht, spöttisch nickend und mit der Freude des proletarischen Autors und Autodidakten am Fremdwort: „Ja, Junge, da is 'ne Diskrepanz."

Turek nun, der 1932 mit einem kleinen Segelboot von der Wolga bis zur französischen Riviera gelangt, also ein echter Seemann war, gab uns einen launigen Bericht von des großen Bechers Segelei auf dem Saaler Bodden. In der schmalen mittleren Glasveranda des Kurhauses – durch die große Veranda im Südwesten trat man ein – standen stets nur drei Tische. Sie war der Hautevolee vorbehalten und wurde im Dorf respektlos „Bonzenaquarium" genannt. Dort hatte der spätere Kulturminister einst eine sechsköpfige Crew für sein acht-Meter-Boot rekrutiert, das übrigens, recht unheilsschwanger, „Vineta" hieß. Flott auf Ribnitz zuhaltend, labte sich Becher am Staunen der Landratten über seine Künste; und als ihm gegen Abend fern des Althäger Hafens der Wind einschlief, ließ er die Mannschaft rudern. Dabei verblüffte er sie mit nautischem Wissen und vielen Fachwörtern, bis ihm in der sinkenden Dämmerung, ohne Karte und Kompaß, mit der Sicht auch jeder Überblick abhanden kam. Man wußte nicht mehr, wo man war inmitten von 80 Quadratkilometern Wasser – wohin sich wenden?

„Und nun saß auch ein neuer Feind mit im Boot: der Hunger", erzählte Turek. „Der Kapitän hatte versäumt, Proviant an Bord zu nehmen. Ausnahmslos alle verspürten ein dringendes Bedürfnis nach Speise und Trank. Außerdem fuhr der kühle Nachtwind den Damen recht spürbar durch die sommerlichen Blusen. Immer schwerer fiel es dem Kapitän, der aufkommenden Verzweiflung seiner Crew zu begegnen. Man fing schon an zu murren, als plötzlich ein neues Geschehen Hoffnung auf baldige Rettung brachte. Mit spürbarem Ruck lief der im Nachtwind treibende Kahn auf eine Sandbank. Strahlend verkündete der Kapitän, daß man dem Ufer nahe sein müsse. Sofortiges Loten bestätigte die Vermutung: das Wasser war hier knapp einen dreiviertel Meter tief, der flache Boddensegler lag fest.

Johannes R. ordnete an: Mit aufgekrempelten Hosenbeinen und hochgeschürzten Röcken aussteigen und den Marsch zum nahen Ufer antreten. Wer aber beschreibt die Verzweiflung der Marschkolonne, als nach kaum hundert Meter Watens statt des sehnlichst herbeigewünschten Ufers wieder tieferes Wasser kam? Jetzt schon bis an den Bauch in der kühlen Flut, gab der Kapitän den Befehl: ‚Zurück zum Boot!'"

Nach einer Kunstpause des Erzählers, der seine Schadenfreude kaum verbarg, folgte der Clou: „Die Schiffbrüchigen erlebten die letzte niederschmetternde Enttäuschung. Der Segler, seiner siebenköpfigen Besatzung entledigt und dadurch bedeutend leichter geworden, hatte sich von der Sandbank abgesetzt und war, im Nachtwind driftend, nirgends mehr zu sehen. Becher hatte es offenbar versäumt, das Segel zu streichen und den Anker zu werfen. Nun stand der verlorene Haufe bei totaler Finsternis im Wasser, und alles Reden seines Kapitäns – was ist schon ein Kapitän ohne Schiff! – nutzte nichts. Auch sein Versuch, mit Witzen die Stimmung ein bißchen zu heben, schlug völlig fehl. Ein Glück, daß die kurze Sommernacht schnell zu Ende ging. Früh ausfahrende Fischer nahmen die Schiffbrüchigen samt ihrem zerknirschten Kapitän an Bord und brachten sie sicher in den Hafen. Glücklicherweise war niemand ernstlich zu Schaden gekommen."

Als Ludwig Turek uns das schilderte, hatte er es bereits in einer Sonderausgabe der Zeitschrift „Sinn und Form" zu Bechers Tod veröffentlicht. Dort freilich verbrämt mit ehrerbietigen Sätzen, ohne die der Beitrag kaum gedruckt worden wäre. Von uns unbemerkt, war der Kulturminister zwar bei Walter Ulbricht in Ungnade gefallen, wegen seiner Versuche von 1953 und 1956, die Zensur zu lockern und der Kulturpolitik überhaupt eine neue Richtung zu geben: hin zu mehr Lebensnähe und Großzügigkeit. Die Parteiführung konnte das nicht dulden, hielt aber bis zum Schluß am Nachruhm des Dichters fest, dem sie den Text der Nationalhymne verdankte; auch die Witwe wachte über sein Andenken.

16

Ich saß da, den Blick zu Boden gesenkt, sah mich wieder in jener Glasveranda, dem Ausgangspunkt manches Abenteuers; und bald war mir, als hörte ich die alten Stimmen. Kaul, Brecht, Hermlin, Kleinschmidt, Strittmatter, Uhse, Heym, Tralow, Herzfelde, Seghers, Turek und Zweig – ich hatte sie sämtlich gekannt, und alle waren sie tot. Es war ein inneres Lauschen auf Szenen aus dem früheren Leben. Sie lösten sich ab vom Kurhaus, trugen mich zurück in den Kreis der Vorstandsmitglieder des Schriftstellerverbands, den Club der toten Dichter, wie er im Kulturbundhaus an der Jägerstraße tagte, oder beim Nationalrat der Nationalen Front am Thälmannplatz in Berlin-Mitte.

Nachts im Bett sah ich unglaubliche Schatten hinter dem simplen Bericht, der da von mir zu liefern war, und hielt im Halbschlaf die Schattenspiele schon für Realität. Jenseits all der gespeicherten Bilder lagen die Lebensdramen bemerkenswerter Persönlichkeiten. Und mein Denken nahm seltsame Wege.

Minutenlang glaubte ich wieder im alten Kurhaus zu sein; bereits zu Kaisers Zeiten hatte es das Dorf beherrscht und der Schiffahrt als Seezeichen gedient. Prinz Eitel Friedrich gab ein Festmahl, bei der Tischordnung war die

Rivalität geladener Militärs (General Max Hoffmann, der Held von Brest-Litowsk, mochte weder den General der Artillerie von Heineccius noch den Major a. D. Dr. Körte) ebenso zu bedenken wie die Empfindsamkeit der Maler. Unmöglich, George Grosz neben Fritz Koch-Gotha zu setzen oder Georg Hülsse neben Marianne von Werefkin. Gleichfalls heikel: der Ehrgeiz eines Gerhart Hauptmann, der sich für das Ebenbild Goethes hielt und hier bloß ungehalten die Vollendung seiner Villa auf Hiddensee abwartete.

Vor allem jedoch galt es, Hermann Göring zu hofieren – als Ministerpräsident von Preußen, Reichsjägermeister und Luftwaffenchef der Platzhirsch hier. Heftig neidete er dem Prinzen das sogenannte Jagdschloß bei Esper Ort, bis Benito Garcón ihn auf die Idee brachte, sich weiter südlich am Weststrand selber eins zu bauen. Der Baske empfahl ihm dafür einen Architekten namens Speck, einen vielseitigen Mann, dem – neben Klassizismus à la Albert Speer – auch die Formensprache altdeutscher Ordensburgen und nordisch-rustikaler Baukunst geläufig sei. Selbst Häuser mit S- oder Y-förmigem Grundriß entwerfe der einem ganz nach Wunsch.

„Na fein, das mach ich!" rief der Reichsmarschall und fügte, zum Gastgeber gewandt, maliziös hinzu: „Wir werden allerdings nicht den Darß absperren, wie gehabt. Deutscher Wald! Freier Zutritt, das sind wir der Volksgemeinschaft schuldig."

„Wie Sie meinen", erwiderte der Prinz.

„Denn, mit Verlaub, Hoheit: Wer nicht mit der Zeit geht, der geht mit der Zeit."

Hinter mir sagte jemand: „Becher ist wieder aufgelaufen."

Arnold Zweig fragte: „Mit seiner ‚Vineta'?"

„Nein, er hat doch jetzt ein Drachenboot."

„Drachenboot? Das paßt zu ihm."

„Sein neues Werk heißt ‚Die Macht der Literatur'."

„Da stehen die Artikel falsch“, bemerkte Ludwig Turek. „Es müßte heißen: ‚Der macht die Literatur‘.“

Auf dem Podium legte die Kapelle los, zu der alten Melodie „Wenn am Samstagabend die Dorfmusik spielt“ sang jemand: „Wenn am Sonntagmorgen der Reichskanzler spricht: Eintopfgericht, Eintopfgericht, Grünkohl! Macht der Hermann Göring ein langes Gesicht ...“

Ein Fauxpas, daher schritt der Kurdirektor ein. Er sah Hartmut Schmidt ähnlich, armschwenkend setzte er durch, daß Rolf Hurdelhey abbrach, um neu anzusetzen, und zwar mit dem Hit: „Mich hat noch keiner / nicht einer / beim Twist geküßt / weil das nicht möglich ist / beim Twist!“ Dies sprach eindeutig dafür, daß es sich um die 63er Silvesterparty handelte, bei der nach meiner Erinnerung freche Matrosen der Volksmarine, oder der Grenzbrigade Küste, arg beschwipst Einlaß forderten und sich handgreiflich mit Erich Kalweit anlegten. Hatten Kerle solchen Schlages nicht bereits im November 1918 das Kaiserhaus ruiniert und Wilhelm II. nach Holland verjagt?

Den Reichsmarschall kümmerte das gar nicht, er überhörte es souverän. Auf dem Weg zur Jagd hatte er sich kürzlich bei Drei Eichen in Sand und Sumpf festgefahren. Nun verlangte er von dem bestürzten Bürgermeister – den herben Zügen nach schien es Heinz Behrend zu sein – dröhnend eine gute Straße, quer durch den Altdarß nach Born. „Ich will da Elche aussetzen“, sagte er mit Nachdruck in der Stimme, die wohl zu hoch lag für seine Leibesfülle. Über den Tisch hinweg rief er dem Professor Kaul zu: „Sie regeln mir den Schriftkram, ja? Keine Angst, mein Lieber – wer Jude ist, bestimme ich!“

Es war ein Versinken in märchenhafter Vielfalt, ein entgrenztes Schweben, bei dem alles sich mit jedem mischt und mein Denken der Kontrolle entglitt, zu fröhlich schweifender Einbildung. Zwei- oder dreimal erwachte ich, suchte aber gleich wieder zurückzuschlüpfen in den Traum, der mir wie ein Zaubergarten erschien, ein köstlicher Ort kindlichen Allmachtsgefühls. Da gelang es mir doch, einen Streit zu schlichten zwischen Becher und Brecht, der gallig erklärte, er verstehe die Wahl des Dorfes nicht. Dies Ahrenshoop sei „eine reine Nazigegend, und die Pensionswirte, diese kleinen Fremdenindustriellen, sie mögen uns nicht, sehen sich durch Maßnahmen gegen den Schwarzhandel bedrängt. Als Domäne des Kulturbunds ist das Nest ungeeignet, und es wimmelt von Leuten, die der neuen Regierung ziemlich direkt angehören …"

Die Szene verschwamm, und ich war erstaunt, rings um mich her in der Finsternis Menschen reden zu hören, die in verschiedenen Epochen lebten. Gewiß, sie hatten hier geweilt, doch ob sie einander begegnet waren? Unwahrscheinlich. Die Bewegung meiner Lippen weckte mich. Hatte ich wirklich gesprochen?

Gleich darauf ertappte ich mich dabei, jemandem eine Schnurre zu erzählen. Es ging dabei um Kabarett-Texte, mit Vera zur Feier des 7. Oktober fürs Kurhaus verzapft. Längs der Dorfstraße würden die Bäume gefällt, hieß es, damit sie nach solchen Festen unseren Bürgermeistern nicht mehr zum Verhängnis würden, wie schon zweimal passiert.

Auch die Gemeindeordnung war Ziel unseres Spotts gewesen. Da hatte doch der Bürgermeister Rinderknecht dem freundlichen Passus „die Leichenhalle steht jedem zur Verfügung" jetzt hinzugefügt: „Einwohner Ahrenshoops zahlen pro Grabstelle 30 Mark, Leichen von außerhalb 100 Mark." In unserem Sketch trat ein Professor auf, der hier ein Sommerhaus hatte. Ihn empörte dieser Zusatz nach Form und Inhalt so, daß er, im Rat der Gemeinde scharf protestierend, tot umfiel. Was war er nun, ortsansässig oder als *Leiche von außerhalb* verpflichtet, 100 Mark zu zahlen?

Rinderknechts Stellvertreterin, das komödiantische Talent Christel Nagel, traute sich nicht, das zu spielen. Doch Vera zerstreute ihre Bedenken: Ich sei als Autor amtlich zugelassen, wie meine Bücher ja bewiesen. — Jetzt hörte ich mich sprechen und wachte endgültig auf, froh über das eigene Schlafzimmer. Derlei Selbstgespräche hätten, als Zeichen von Vergreisung, meine Frau bloß erschreckt.

17

Mitten im besten Schreibfluß rief mich Hinrichs an: Er sei gerade in Ribnitz, dürfe er mal vorbeischauen? Da lag ein fremder Ton in seiner Stimme, sie klang belegt, fast besorgt. Ausdruck nur seiner Scheu, lästig zu fallen, oder mehr? Leicht überrumpelbar am Telefon, sagte ich zu, um es gleich zu bedauern. Es war Freitag, der 6. September; eine Woche später wäre es Freitag der 13. gewesen.

Wochenlang hatten wir einander nicht gesehen; ich fand ihn unverändert schüchtern. „Würden Sie mir eventuell einen Blick auf Ihr Manuskript gestatten?“ fragte er, wiederum geplagt von seinem Schulterzucken. „Ich platze vor Neugier, Herr Woelk.“

Ich reichte ihm den Hefter und fühlte mich in die milde Endzeit staatlicher Zensur zurückversetzt. Er schlug ihn auf und murmelte nervös: „Sie wissen, die Flutkatastrophe in Sachsen! Da fürchtet Garcón, die Zahlung der Fördermittel könne neu befristet werden, so daß man rasch zum Schuß kommen muß. Also er hat das zur Chefsache gemacht, drückt aufs Tempo, macht mir Beine.“

Sein hellhäutiges Gesicht rötete sich, als gehe es um seinen Job. Ein Langstreckenläufer im Endspurt. Trotzdem, er las sich fest, wie gebannt von dem Text. „Sie fangen ja mit unserer Begegnung an“, rief er. „Tolle Eröffnung! Wie ich auf Sie zukomme in Anklam …“

„Ja, ich hoffe, so kriegt es Biß.“

„Und ob“, pflichtete er mir bei. „Sehr originell! Das wirkt souverän, klingt perfekt. Nur ein Erzähler, der seiner Sache völlig sicher ist, kann so beginnen. Einer, der sich und der Story, die er entwickeln will, restlos vertraut.“

Da war er wieder, ein Hauch von Schmeichelei, der argwöhnisch macht. Ich fragte: „Stimmt etwas nicht?“

„Im Gegenteil, alles bestens …“ Hinrichs raschelte mit den Seiten, sie glitten ihm durch die Finger. „Sie mögen Zwischentöne und kennen Ihre Figuren, Herr Woelk. Doch wiederum nicht zu genau. Sie lassen denen, das ist mein Eindruck, bewußt etwas Privatsphäre, eine Art Grauzone, die wohl Geschichten erst lebensecht macht.“

Ich hatte ihn unterschätzt, er nahm es glatt mit Germanisten auf, doch was trieb ihn her? Bis zu der Szene mit Dr. Garcón war er gar nicht gelangt. Sie konnte ihm kaum gefallen; der Grat zwischen entwaffnender Offenheit und dem, was die Justiz Mandanten- oder Parteiverrat nennt, ist ziemlich schmal. Das Konzept des Vertrauens, der Nähe von Chef und Arbeitnehmer – es existierte zwar nur als Idee, die immerhin keine Lüge war, sondern die Geschäftsgrundlage.

„Wie weit sind Sie schon?“ fragte er.

„Beim Sommer 1960, als der Streit um den Neubau beginnt. Ein Neungeschosser war da geplant, ein Turm mit hundertdreißig Betten, durch eine lange Glasveranda an den Altbau geknüpft. Die Urlaubsplätze hatten nie gereicht für all die Wissenschaftler und Künstler, doch gerade von denen kam Kritik! Die Prominenz hat abgelehnt, fast so schroff, wenn auch nicht so zahlreich wie heute. Es gab ja weniger Mitspracherecht damals.“

„Aber der Turm kam trotzdem nicht.“

„Das Material hat gefehlt, die Kapazität. Der Beton ging drauf für die Mauer in Berlin. Sechs Jahre später erst ist das alte Kurhaus abgewrackt worden – bis zum Juni 1970 ersetzt durch das, was da im Bauhausstil bisher noch steht."

Hinrichs hörte mir nicht mehr zu. Ich sah ihn eine Zeitung aus der Tasche ziehen, das „Neue Deutschland" vom Tage. „Was ganz anderes zwischendurch." Seine Stimme klang flach, ein wenig heiser.

„Sie haben zugunsten der PDS eine Kolumne verfaßt, die den Rücktritt Gregor Gysis zum ‚ehrenhaften Schritt' erklärt. Ihre Begründung liest sich übrigens recht witzig, fast plausibel."

„Mir fiel auf, daß er als einziger der Politiker, die da Bonusmeilen privat nutzten, echt Konsequenzen gezogen hat."

„Weil der Meilen-Schmu bei ihm nicht alles war." Hinrichs wirkte gehemmt, so als sei es ihm peinlich, einen Mann zu belasten, von dem er glaubte, ich schätze ihn. „Die Sache mit der Berlin Bank kam hinzu. Sehen Sie, Herr Woelk, diese Bankgesellschaft hatte ein paar tolle Immobilienfonds aufgelegt. Bei dem besten kriegt ein Spitzenverdiener, der hunderttausend Euro einzahlt, gleich im ersten Jahr vom Fiskus dreißig Prozent an Steuererstattung zurück. Den Rest kann er mit einem Kredit derselben Bank bezahlen und die Zinsen, fünf Prozent, locker abzweigen von den üppigen Ausschüttungen, die ihm für fünfundzwanzig Jahre vertraglich garantiert worden sind! Sein Fondsanteil kostet ihn also keinen Euro, während das Land Berlin blutet und praktisch pleite ist."

Ich war baff. Traf das zu, war es Selbstbedienung; ein Spiel ohne Risiko nach dem Motto: der Gewinn geht aufs Privatkonto, für den Verlust haftet das Land, mithin der Steuerzahler.

„Märchenhaft, nicht wahr?" fuhr Hinrichs fort. „Eine Traumanlage, wie sie weltweit kein Finanzmarkt bietet. Es leuchtet doch ein, daß jemand, der sich so bedienen ließ, als Wirtschaftssenator erledigt ist. Auch wenn sein Tun nicht justitiabel ist nach der Gesetzeslage, sondern noch als legitim erscheint."

„Von wem haben Sie das?"

„Von Garcón. Doch es steht auch in der Zeitung. Freilich nicht in dieser." Er legte das Blatt vor mich hin, strich es glatt, und ich sah, daß mein Beitrag, eigentlich nur für Mecklenburg-Vorpommern bestimmt, auch in der Berliner Ausgabe stand, als Aufmacher der Wahlbeilage ... Noch sechzehn Tage bis zu den Wahlen – im Bund wie hier im Land.

„Wir waren nicht erfreut", sagte Hinrichs bekümmert. Er wies auf ein paar Zeilen, die ich noch angefügt hatte, weil dem Redakteur der Text zu kurz gewesen war. Es hieß dort, der neue unternehmerische Mittelstand bei uns im Dorf sei „selbstbewußt und stolz auf das Erreichte. Als Wirtschaftsgruppe in der Gemeindevertretung führend, gibt er dennoch dem schamlos beharrlichen Druck einer Hotelkette nach, die anstelle des Kurhauses ein 5-Sterne-plus-Hotel mit 200 Betten und damit Überkapazität schaffen will."

„Sie können sich denken, daß Garcón darüber nicht glücklich ist."

„Es ist nicht meine Sache, ihn glücklich zu machen. Er hat mich als Chronisten engagiert. Spezielle Ansichten schreibt mir der Vertrag nicht vor."

„Gewiß, Sie haben Meinungsfreiheit. Aber der Geschäftsführer sieht die Gefahr eines Zielkonflikts, einer Interessenkollision. Er hat mich beauftragt, Sie zu ersuchen, von derlei Äußerungen künftig abzusehen."

Die Versteifung, zu der Hinrichs sich gezwungen sah, löste sich plötzlich, und er schloß in beinah flehendem Ton: „Bitte kommen Sie mir doch da entgegen. Das erschwert ja meine Öffentlichkeitsarbeit ganz enorm, es untergräbt unser Standing auch in der Landeshauptstadt! Schwerin, das sag ich Ihnen im Vertrauen, ist eine Schlangengrube. Da ist viel Vorsicht nötig, anders steht unsereins schnell mal vor dem Kadi.“

Es gelang mir, ihn wieder aufzurichten. Immerhin war er den *Flair*-Chefs haftbar für mein Verhalten, denn er hatte mich empfohlen. Und Loyalität zu fordern, das lag ihm nicht. Mir kam der Gedanke, ich sei vielleicht dabei, ihm ähnlich zu werden – einfach durch den Job, den ich ihm verdankte. Feigheit war ansteckend.

Doch nachdem er sich verabschiedet hatte, sah ich klarer. Wessen innere Blackbox, beschriftet mit „Gewissen“, noch halbwegs intakt war, der schien mir kaum gefährdet. Was blieb übrig von der Plauderei? Enttäuschung über Gregor Gysi. Man mußte also, falls der Vorwurf zutraf, nicht mit millionenschweren Lobbyisten wie Moritz Hunziger Klamotten kaufen gehen oder sich von ihm Geld leihen, zu 4½ Prozent, um als Politstar zu verblassen, zeitweilig. Denn der kleine Herr, dieser charmante Filou, würde wohl bald wieder aufstrahlen. Am Ende gab er sogar seine Fondsanteile zurück und stand als Saubermann da.

Wie hatte Hinrichs gesagt: „Aus Gründen, die bloß Wirtschaftsanwälte begreifen, ist es übrigens mißlungen, die Fonds-Helden persönlich haftbar zu machen für den entstandenen Schaden. Die hundertfünfzig prominenten Zeichner bleiben mehrheitlich unbekannt; anders würde ja das heilige Menschenrecht jedes Börsenteilnehmers verletzt, das Recht auf Anonymität.“

Stank das nicht zum Himmel? Soziale Marktwirtschaft! In Wahrheit trennten sich Konzerne längst von jeder Verantwortung, auch vom Unternehmerrisiko. Ihr Management genehmigte sich satte Gehaltserhöhungen selbst dann, wenn es die Firmen in den Ruin führte. Und falls es doch einmal, wie bei dem Baulöwen Jürgen Schneider, zur Verurteilung kam, so entsprach die Strafe der für einen Handtaschenräuber.

Merkwürdig auch, daß jetzt vor der Wahl Verfehlungen von Politikern nur auf dem linken Flügel des Parteienspektrums bekannt wurden! Der rheinische Kapitalismus, zu dem wir uns aus dem lecken Schiff „DDR“ gerettet hatten, mochte bald wieder hohe Fahrt laufen. Doch er blieb nahezu unlenksam; manchmal schien er mir auf Crashkurs zu sein wie einst die „Titanic“.

18

Es mag im Sinne der Chronik sein, an diesem Punkt Notizen einzufügen, die ich nach Besuchen bei der Witwe des vor drei Jahren verstorbenen Kurhaus-Direktors Erich Kalweit und bei dessen Nachfolger Horst Mertinat schrieb. Beide, wohnhaft nahe ihrer einstigen Wirkungsstätte, waren in liebenswürdiger und dankenswerter Weise bereit, sich an viele Einzelheiten aus den letzten 35 Jahren zu erinnern.

Während der großen Pause, die 1967 mit der Schließung des alten Kurhauses begann, wohnte die Familie Kalweit im „Haus am Meer“. Von dort aus wurden die übrigen Häuser des Reisebüros im Ort – wie „Namenlos“, „Seeschwalbe“, „Nordlicht“, „Möwe“, „Lappe“ und „Haus am Strom“ – weiter betrieben. Den 77 Jahre alten Gipsplattenbau riß man 1968 ab; nur geringe Teile seiner Substanz gingen in den Neubau ein. Am 1. Juli 1970 wurde schließlich das heutige Kurhaus eröffnet, geprägt durch strenge rechtwinklige Formen. Mit einem schönen Speisesaal hinter einer Glasfront, durch die man das Meer sah, der modernen Küche und den 21 Zimmern galt es als komfortabel, auch wenn die Zimmer kein Bad hatten.

Fünf Jahre später übernahm Erich Kalweit auf Wunsch der SED deren Ferienheim „Käpten Brass“ in Dierhagen-Ost. Als Chef des Kurhauses folgte ihm Horst Mertinat, der zehn Jahre zur See gefahren war, etwa mit dem Motorschiff „Freundschaft“ auf Südamerika-Routen. Selber Erster Koch und Küchenmeister, hatte er ein Fernstudium für Hotel- und Gaststättenwesen sowie Betriebswirtschaft absolviert und dann als Fachlehrer für die Deutsche Seereederei Köche und Kellner ausgebildet.

Im neuen Kurhaus mitsamt den Nebenhäusern unterstanden ihm fast neunzig Mitarbeiter, davon ein Dutzend Lehrlinge. Allein die Küche beschäftigte zwanzig Kräfte; sie gab mittags bis 500, abends rund 350 Portionen aus. Das führte in der Saison zu einem Tagesumsatz von 8.000 Mark – bei den niedrigen Restaurantpreisen eine beachtliche Leistung. Es gab Sommernachtsbälle, da begrüßte der Direktor jede Dame mit einem Blumenstrauß; ein Glas Sekt eröffnete das kalte Büfett für 150 Personen. Und Rolf Hurdelhey spielte auf zum Tanz, ab 1976 für die nächsten elf Jahre abgelöst von Frank Tröger – auch ein Quartett plus Sängerin. Diese Bälle wechselten wöchentlich ab mit dem „Besonderen Menü“: Länderspezialitäten für 65 Gäste, Karten dazu im Vorverkauf.

Zu jener Zeit kam der Gewinn, den der Kurhaus-Direktor erbringen mußte, fast ganz aus der Bewirtung. Das Herbergsgeschäft war kaum profitabel, denn das Übernachten kostete selbst im Kurhaus mit seinen 48 Betten gerade 20 Mark, wenngleich ohne Frühstück; die restlichen 90 Betten im Dorf, über die er verfügte, waren eher noch billiger. Heute, so sagt Horst Mertinat, sei es genau umgekehrt: teure Zimmer und Gäste, die meist woanders speisen. Nicht mehr die Stühle, sondern die Betten bringen das Geld.

Nach der Wende begann die böse Zeit schrittweiser Entlassungen. Das Haus wurde abrupt der Treuhand unterstellt und, obgleich der Betrieb noch bis zum 15. Oktober 1993 weiterlief, überschwemmt durch Vermesser und Gutachter, die im Dienst von Kauflustigen aus halb Europa, ja sogar aus Ägypten, zu jeder Tageszeit ins Haus schneiten, um dessen Wert abzuschätzen. Galt es doch als Filetstück, Ziel für ein flinkes Schnäppchen. Vorbei die winterlichen Betriebsausflüge nach Prag, Leningrad, Franzesbad, Oberhof oder Schierke, in zwei großen Bussen, bestritten aus dem Kultur- und Sozialfonds; für manchen Mitarbeiter die einzigen Reisen seines Lebens!

Zeitweilig mußte Mertinat sich auch um das vormalige Stasi-Hotel „Bernstein“ in Prerow und um ein weiteres Haus in Graal-Müritz kümmern. Dazu sich gegen einen Wendehals in der Treuhand-Anstalt wehren, der alle zwei Monate eine Bilanz als Verkaufsunterlage von ihm wünschte. Am bittersten aber war es für ihn, sich von all den bewährten Kollegen zu trennen. Bis er selbst nach soviel erfüllten Schaffensjahren die Arbeit verlor, weil der neue Eigentümer, diese Hotelkette, das Kurhaus schloß, kaum daß der Umbau an ihrem „Haus am Meer“ beendet war. Weg mit dem erst 23 Jahre alten Bau! Ein Nobelhotel sollte an die Stelle.

Wie manch anderer nahm der Direktor Jobs an, für die er bei weitem überqualifiziert war. Da seine Diplome auch im Westen galten, versuchte er sich als Hotelchef in Bad Kissingen – ein Preuße in Niederbayern hat es schwer – und ging mit sechzig resignierend in Rente.

Ich bin schon dabei, mich zu verabschieden, da erzählt er mir noch, wie Robert („Bobby“) Schumann ihn um 1979 mal gebeten habe, kurzfristig Stefan Heym unterzubringen. Das ließ sich machen, doch ehe der Gast kam, wurde Mertinat zweimal von Stasileuten in dieser Angelegenheit besucht und befragt. Heym reiste schließlich mit seiner jungen Frau in einem gelben Lancia an, den er offen vorm

Haus „Nordlicht“ parkte. Und als der Direktor ihn bat, das Auto doch sicherheitshalber abzuschließen, sagte Heym: „Ach, wissen Sie, das ist überall sicher, da passen schon genügend Leute auf.“

Wir geben uns die Hand, und dabei entschlüpft mir ein Wort, für das ich mehrfach schon gerügt worden bin, auch von so verständnisvollen Freunden wie Ralph Giordano: „Besser observiert als abserviert ...“ Horst Mertinat nickt, es ist, als bringe das auch für ihn eine Erfahrung auf den Punkt.

19

Um diese Zeit brachte die „Ostsee-Zeitung“ in ihrem Lokalteil für Fischland, Darß und Zingst fünfspaltig einen Artikel, betitelt „Ahrenshoop lebt von den Gegensätzen“. Aufgemacht als redaktioneller Beitrag, zeigte er ein Modellbild des Grandhotels in dessen engerer Umgebung. Das Foto entsprach ganz dem, das im Gemeindebüro aushing. Als virtuelles Luftbild aus etwa 30 Meter Höhe verwischte es die Größenverhältnisse, bettete das Haus lieblich ein in die Natur und nahm ihm das Erdrückende. Darunter stand, dieser Entwurf sei Ergebnis einer langen, sehr kontrovers geführten Diskussion.

Das klang durchaus endgültig. Der Name des Verfassers war uns fremd. Kein Redakteur oder freier Mitarbeiter dort heiße so, sagte Vera. Und Fred fand im Internet heraus, daß in ganz Deutschland niemand unter diesem Namen ein Telefon besaß. Ein Pseudonym also, hinter dem sich die Hand von *Baltic Flair* oder die PR-Arbeit ihrer *Multi Consult* vermuten ließ.

Ein Stilvergleich freilich bestätigte mir das nicht. „Das Kurhaus Ahrenshoop“, las ich da, „vom Hotel Bogislaw über das Kurhaus aus DDR-Zeiten bis zum vorliegenden

Entwurf, war immer ‚unpassend' – und vielleicht gerade dadurch beliebt und somit ‚passend'." Weder Labusch in seiner Schrift noch Hinrichs mündlich, keiner der zwei drückte sich so schlicht aus. „Die meisten Künstlerhäuser", hieß es weiter, „stellen ein baustilistisches Konglomerat dar. Da reicht die Spannweite von preußischer Kasernenarchitektur über städtisches Villen-Fachwerk, Jugendstil, Baracken-Billigbau bis zur Rostocker Bauhaus-Adaption. Gerade das aber macht heute unter anderem das besondere Flair von Ahrenshoop aus."

Wie abstrus! Bauliches Durcheinander und Beliebigkeit im Stil zum Flair erhoben, das war ein Mißgriff, den ich *Multi Consult* nicht zutraute. Mit dieser Beweisführung hätte sich jeder Baukörper empfehlen lassen, auch das Kaiserbad-Modell.

In einer E-Mail an die Zeitung beklagte Fred deren Praxis, einen Fremdbeitrag so zu bringen, als sei es die Meinung der Redaktion; das schmecke doch nach Machenschaften. Ihm wurde erwidert, sein Leserbrief könne nur erscheinen, wenn der Manipulationsvorwurf entfalle. Da verzichtete er auf den Abdruck.

Am gleichen Abend jedoch – und zwar am Künstlerstammtisch, dem der Bürgermeister ebenso angehörte wie dem Förderkreis Ahrenshoop e. V. – bekannte Hans Götze sich freimütig zu dem Text. Nur deshalb habe er den unter Pseudonym verfaßt, damit er überhaupt gelesen werde. Im Dorf stehe er als eifriger Fürsprecher des Grandhotels da, deshalb seien viele gar nicht mehr bereit, Ausführungen zu folgen, die seinen Namen trügen.

Kurz darauf besuchte er uns überraschend privat, um mir neues Material für die Chronik zu bringen und sich dabei tüchtig Luft zu machen. Ich begriff, wie ihn der Streit um das Grandhotel quälte. Er stand von allen Seiten unter Druck. Und in den acht Jahren seiner eher dürftig dotierten Amtsführung hatte der Druck sich gesteigert – beinah rhythmisch, mit den immer neuen Plänen des Investors –, bis zur Unerträglichkeit. Für ihn mußte die Sache schleunigst vom Tisch.

In Kenntnis unserer Gegnerschaft blieb der Gast erstaunlich kooperativ. Wir debattierten stundenlang, und das, was Hans Götze uns unter der runden Gaube in Veras Seeblick-Zimmer vortrug, das wog schwerer als sein Pressetext. Er war mehr ein Mann der Rede als ein Mann des geschriebenen Wortes; wer glänzt schon in beidem?

Götze sprach von dem zähen Konservatismus des Küstenvolks: allem Neuen stets abhold. Das begann für ihn im 19. Jahrhundert mit dem sturen Festhalten an der Segelschiffahrt – bis all die Partenreeder und Kapitäne, zu Wohlstand gelangt, den Anschluß verpaßt hatten und der Dampferbetrieb sie deklassierte, oft arme Fischer aus ihnen machte. Es setzte sich fort mit dem Widerstand gegen Molchins Plattenbau des alten Kurhauses sowie lächerlichen Einwänden gegen den Bau der Bäckerei Saatmann anno 1908; da diente sogar „gefährlicher Funkenflug" aus dem Schlot des Backofens zum Verteufeln! Gefolgt 1925 vom Aufschrei gegen den Anbau der „Bunten Stube", von Hans Brass kühn bemalt. Auch damals wurden Unterschriften gesammelt, und ein Rostocker Stadtbaudirektor mit Sommerhaus am Schifferberg nannte „den papageifarben gestrichenen Zick-Zack-Neubau" eine „Verschandelung des Ortes", ja vom Standpunkt des Heimatschutzes sogar ein Verbrechen. — Später sei der Sturm stets wieder abgeflaut; der Mensch gewöhnt sich an alles.

„Diesmal nicht", warf ich ein. „Das Grandhotel paßt ins Dorf wie der Sattel auf die Kuh. Es würde uns fremd, ein anderer Ort."

„Auch das hat's schon gegeben, Alex. Lies doch mal nach, weshalb der Rechtsanwalt Otto Kaysel 1896 dem späteren Graal-Müritz den Rücken kehrte und hergekommen ist. ‚In Müritz haben sie neue Villen erbaut', klagte Kaysel damals, ‚die Villen tragen Balkons, die Menschen Glacéhandschuhe, die Damen turmähnliche Frisurgebilde und kallipygische Geschwulste in ungemein erheiternden Façons' …"

„Was heißt kallipygisch?" fragte Vera.

„Den Hintern betreffend", sagte ich.

„… ‚die Kinder werden ausgeputzt wie Affen. Müritz hat sich einen bunten Lappen umgehängt, hat hohe Preise und hohe Gäste und bildet sich ein, für Warnemünde und den Heiligen Damm habe das letzte Stündlein geschlagen. Nun schüttele ich den Müritzer Sand aus meinen Schuhen und erfinde irgend einen anderen Badeort …' Was er dann fand, war Ahrenshoop."

„Lebte er heute noch", sagte Fred, „würde er weiterziehen."

„Bloß wohin? Nach Hinterpommern, ins rückständige Polen?"

Vera sagte: „Graal-Müritz ist nie Modebad geworden, Hans. Ein paar Hotels vorn am Rhododendronpark stehen sogar leer. Dein Zitat spricht eher für uns."

Der Bürgermeister winkte ab; das war ihm ein Streit um des Kaisers Bart. Statt dessen kam er zum Kern, der bei ihm bildkräftig „die Erpresserschiene" hieß. Der Investor sei die Sache leid, er lasse nicht mehr mit sich spaßen und baue eine Drohkulisse auf. Bei erneuter Zurückweisung werde er die Gemeinde verklagen, wegen der schon verausgabten vier Millionen Mark; die seien dann in den Sand gesetzt.

„Soviel will er in die Planung gesteckt haben?"

„Nein, aber das Grundstück war auch nicht umsonst. Es wurde den Alteigentümern rückübertragen und dürfte bei der Größe und Lage zweieinhalb Millionen wert gewesen sein."

„Nach dem Bodenrichtwert vielleicht“, sagte ich. „Aber wie man hört, hat er nicht mal hundert Mark für den Quadratmeter gezahlt.“

„Erheben wir doch Gegenklage“, rief Vera. „Schließlich hat er unsere Auflagen von 1994 ignoriert, immer wieder, bei jedem Entwurf!“

„Aussichtslos“, sagte Götze. „Diese Auflagen sind damals nicht schriftlich ergangen, und es gab dazu nur eine Absichtserklärung von ihm, ebenfalls mündlich ... Wißt ihr, der Rechtsstreit kann uns anderthalb Millionen Euro kosten bei dem Streitwert und dem langen Atem dieser Leute. Also, wir hätten keine Chance. Glaubt mir, das wär für die Gemeinde ruinös.“

Wir schickten uns an, ihm zu widersprechen, besonders heftig mein Sohn. Für Fred stand das Demokratiemodell auf dem Spiel. Die Mehrheit lehnte das Grandhotel ja ab, 220 Protestbriefe im letzten Jahr, damit könne Hans leicht sein Büro tapezieren. Einstmals, in der DDR, wär solcher Widerspruch sicherlich verhallt. Ohne den Mangel an Baukapazität hätte Berlin uns den Neunstöcker aufgedrückt, da sei ein Bürgermeister faktisch bloß Befehlsempfänger gewesen – doch heute? Und Vera erinnerte Hans an die Wende, an die auch von ihr mitertrotzten Bürgerrechte; sie zündete sich die dritte Zigarette an und riß das Fenster auf.

Im milden Abendlicht mühte sich Götze, uns geduldig zu erklären, es gebe halt keine Basisdemokratie im Dorf, sondern eine repräsentative; da entschieden die gewählten Vertreter mit einfacher Mehrheit. Fast emotionslos ging er ins Detail, sein Blick durch die randlose Brille zeugte von Gewitztheit und Kompetenz; da sprach ein Kenner der Materie, der hier sein Bestes gab. Auf mich wirkte er, im Gegensatz zu Hinrichs, durchaus nicht ferngesteuert. Der in solchen Fällen übliche, ehrenrührige Verdacht, ihm sei da irgendwo ein stilles Provisionskonto errichtet worden, kam mir in keinem Moment. Übrigens ließ er einfließen, er habe sich – anders als Udo, der Vorsitzende des Bauausschusses – von *Baltic Flair* nie einladen lassen, sondern seine Rechnung dort auf Usedom selbst bezahlt. — In dem Punkt stand er besser da als ich.

Doch nun dämmerte mir, wie begrenzt sein Einfluß war. Zwar hatte er mehr Spielraum als seine Amtsvorgänger in der DDR, die Entscheidungswege waren länger, komplizierter. Und trotzdem schien an den Platz des Politbüros, das fähig war, jeden Ort zu verändern, auf magische Art ein Investor gerückt zu sein. Etliche Milliarden schwer, fiel er mit großer Wucht in dieses Dorf ein. Wir vier in der Abendsonne waren ein Tropfen Öl oder ein Körnchen Sand in seinem Getriebe. All das, womit wir uns plagten, durchlief einen Produktionsprozeß, und was dabei herauskam – ja, war das denn noch offen?

20

Freundlicherweise hatte uns der Besucher neben anderen Papieren auch ein Dokument geliehen, mit dem die Gemeinde das Vorhaben „Grand Hotel Kurhaus Ahrenshoop“ auf 25 Seiten gründlich darstellte. Es lag noch bis Mitte des Monats im Kirchnersgang 2 öffentlich aus. Unterzeichnet vom Bürgermeister, war es auf Kosten des Investors durch ein Ribnitzer Architekturbüro verfaßt und von einem Rechtsanwalt geprüft worden, der vier Ergänzungen oder Änderungen veranlaßt hatte.

Leider schien es so, als habe Götzes Schritt auf uns zu beiläufig meine Familie zerlegt, nachdem in puncto Kurhaus schon vorher durch den Clan ein Riß verlaufen war. Meine Zweifel rückten mich ins Abseits, stempelten mich zum Miesmacher. „Du, paß mal auf“, sagte ich zu Fred,

„eine Demokratie, in der jemand die Mehrheit der gewählten Vertreter hinter sich gebracht hat, ist für diesen Jemand weitaus besser als eine Diktatur." Ich bat ihn, mir die 25 Seiten zu kopieren.

„Deine Chronik soll so fein austariert sein wie dieses Zeug?" Es klang nach der Bitternis eines jungen Mannes, der die Scherben eines Ideals zusammenkehrt.

„Laß mich's erst mal lesen! Was du willst, Fred, ist nicht Kritik, sondern Verdammung. Das Grandhotel als Teufelswerk."

„Erwartest du sonst noch was von mir?" fragte er eisig, das Dokument in der Hand. „Also, was soll ich tun?"

„Erwachsen werden", blaffte ich zurück.

Der Fehdehandschuh. Da zog er es vor, mich nicht nach Magdeburg zu begleiten, wie kürzlich nach Teetz an der Dosse und im Mai nach Tangerhütte nahe Stendal, wo ich vor 50 Jahren eine Drogerie geleitet und darüber ein Buch geschrieben hatte, unter dem frechen Titel „Mit Kräuterschnaps und Gottvertrauen". Schade! Fred war mir als Begleiter fast unentbehrlich, nicht nur auf nächtlichen Rückfahrten, wenn all die Scheinwerfer mich blendeten. Sogar mit seiner Musik hatte ich mich angefreundet. Die schob er bei Fahrtantritt in den CD-Speicher, sie entspannte und besänftigte einen speziell auf der Autobahn.

Diesmal warf er mir die Kopie auf den Rücksitz, und ich rollte los, erfrischt von einem Bad im Meer, das noch immer 19 Grad hatte. Was erwartete mich in der Heimatstadt? Etwas Überraschendes nämlich hielt jeder Vortragsort bereit. In Teetz, einem winzigen verträumten Dorf im Brandenburgischen, war es die Person des Veranstalters gewesen: ein idealistischer Verleger und Antiquar, der in seinem „Kulturgasthof" wahre Bücherschätze gehortet hatte. Viel Geheimdienstlektüre lag aus, denn nach mir sollte Markus Wolf kommen, der als Chef der Auslandsspionage ein hochbegabter Stellvertreter Erich Mielkes gewesen war. Im stillen verglich ich ihn gern mit Albert Speer – gleichfalls eine Lichtgestalt vor freilich noch schwärzerem Hintergrund … Es waren wenig Leute da, man schien auf Wolf zu warten, der sein neues Buch vorstellen würde, „Freunde sterben nicht“. (Aus dem Dunstkreis des Ancien régime gab es kein Entrinnen. Im Vorjahr, beim Buchbasar auf dem Berliner Bebelplatz, saß ich – neben Täve Schur – auf einem Stuhl, den Wolfs Amtsnachfolger Großmann angewärmt hatte, während nach mir Hans Modrow dort Platz nahm, letzter Hoffnungsträger der Partei und vorletzter Premier der sterbenden DDR.)

Vor dem Auftritt in Tangerhütte hatte die Veranstalterin mich ersucht, nichts aus dem Kapitel vorzulesen, das von damals handelte. Sie fürchtete einen Eklat – lokales Gereiztsein und gewisse Empfindsamkeiten verjährten halt nie! Doch das Publikum war mir eher zugetan. Auch wenn ich in dem Städtchen die Bilder der Jugend nur mühsam wiederfand, es gab anrührende Begegnungen. Wie oft schon waren zwei bis drei Leser da, die versicherten, meine Bücher hätten sie jahrzehntelang begleitet und ihnen ein Stück Welt erklärt. Es war, als fahre ich die Ernte meines Schreiberlebens ein. Man sprach mich auf ein Interview an, betitelt „Abschied vom Schreiben“, und riet mir, doch noch ein bißchen weiterzumachen. Ähnlich Herzwärmendes trug Fred später nach, Worte aus dem Publikum, unter das er sich gemischt hatte.

Diesmal fehlte er mir. War er doch nie glatter Helfer, sondern einer, der beobachtet und eigenständig denkt, ebenso bereit zu tadeln wie zu trösten. „An allem ist zu zweifeln“ schien sein Wahlspruch zu sein. Zum Kurhaus hatte er mir mit auf den Weg gegeben: „Entweder du gehst ganz in dich rein und verschließt dich, oder du gehst vorwärts ins Gefecht. —“ Für mich keine Alternative. Ein Chronist darf beides, für den gibt's kein letztes Gefecht.

Der Abend in Magdeburg lief gut an. Im Seminarraum des Dokumentationszentrums am Moritzplatz, einer Art Stasi-Museum, mußten noch Stühle her für all die Leute. Der Gastgeber hatte das Thema bestimmt: aus meinem Leben die Konflikte mit Mielkes Mitarbeitern. Zwar, das paßte mir nicht ganz; so schrumpft die DDR leicht zusammen auf „Diktatur" und „Stasi", wo sie doch weit mehr gewesen war, nämlich der ehrenhafte, wenn auch mißglückte Versuch, den Kapitalismus durch eine gerechtere Ordnung zu ersetzen. Ferner entsteht so der Eindruck, es sei heldenhaft gewesen, sich der Stasi zu verweigern und sich notfalls mit ihr anzulegen.

Um dieser Gefahr zu entgehen, begann ich heiter: Einstmals habe man die Stasi oft dämonisiert, okay, sie war ein Übel. Dämonen aber ließen sich bannen, wenn man heimkehrt an den Ort und sich ihnen aussetzt. Vor 55 Jahren hätten die Russen mich unter Spionageverdacht im Stadtgefängnis Halberstädter Straße festgesetzt, für acht Wochen nur; dies habe mir das Geheimdienstwesen entzaubert. Allenfalls noch literarisch sei es von Reiz gewesen, und Mielkes Leute, mir wegen meines Kriegsbuchs anfangs sogar wohlgesinnt, hätten es später schwer gehabt, mich einzuschüchtern.

Mehr plaudernd als lesend spürte ich, da ging irgend etwas schief. Diffuse Unruhe im Publikum als Echo auf mein Schwadronieren. Niemand hier hatte mich, wie noch in Tangerhütte, vor solch lockerem Ton gewarnt. Es hätte mir schon selbst dämmern müssen, daß dies verminter Boden war, ging die Einladung doch vom Bürgerkomitee Sachsen-Anhalt e. V. aus, einem „Mitglied im Verein Gegen Vergessen – Für Demokratie", wie es im Briefkopf hieß. Einige der Zuhörer hatten vor 13 Jahren Magdeburgs

Stasi daran gehindert, noch mehr Akten zu vernichten, hatten an Runden Tischen das MfS aufgelöst. Und manch einer war Opfer gewesen, in diesem Haus verhört und weggesperrt worden, wesentlich länger als ich. Zum Glück schien keiner von ihnen „Neues Deutschland" zu lesen, mit meiner Wahlempfehlung für die PDS.

Immerhin, die latente Ablehnung meines Blicks auf die Vergangenheit faßte eine alte Dame in den höflichen Satz, es wundere sie, wie unversehrt ich durch die schlimme Zeit gelangt sei; mein Leben komme ihr „so vielfältig" vor.

So sei das Leben halt, ungerecht und vielfältig, erwiderte ich … Das Wort freilich hakte sich in mir fest. Mit „vielfältig" war wohl „schillernd" oder „schwer durchschaubar" gemeint. Traf das auf mich zu? Gewiß, in ihren Augen! Mein Versprechen, diesen Vorwurf zu überdenken, beendete das Gespräch.

Im Quartier schluckte ich zwei Pillen und schlief gleich ein, erwachte aber um drei Uhr früh mit dem Gedanken, daß auch mein Standpunkt zum Grandhotel *vielfältig* sei – Zeit daher, die 25 Seiten „Begründung der Gemeinde" zum „Bebauungsplan Nr.12 ‚Grand Hotel Kurhaus Ahrenshoop'" aufzuschlagen, um zu einer klaren Einstellung zu kommen. Ich las darin und atmete tief durch, doch Erleichterung blieb aus. Das Denken von Investor, Bauausschuß und Bürgermeister, das aus dem Papier sprach, war folgerichtig, in sich geschlossen und glasklar. Im Dorf gab es genug Pensionen, Landhäuser und auch Hotels im Zwei- bis Viersterne-Sektor. Damit die keinen Gast an das neue Kurhaus verloren, mußte *Baltic Flair* sie alle toppen, steil nach oben vorstoßen ins Hochpreissegment, also ein Grandhotel errichten. Weil ein derart überragendes Nobelhaus mit seinem teuren Luxus leicht ins Defizit geriet, mußte es mindestens 200 Betten haben; denn die allein brachten das Geld.

Durchaus überzeugend! Jetzt im Bett begriff ich das. Gefragt war ein haltbares Geschäftsmodell, ein Gesamtkunstwerk, so kompakt wie pleitesicher. Das Wort „Nachhaltigkeit“, von der SPD im Wahlkampf verbraucht – es war zu schwammig und abstrakt, um da zu greifen –, hier schien es Sinn zu machen ... Und doch, und doch! Es blieb ein Mißbehagen, wie angesichts eines Spielers, dessen Würfel immer auf dieselbe Seite fällt. Einfalt statt Vielfalt ist auch keine Lösung, dachte ich und spürte, wie all das meine Fassungskraft überstieg. Der Widerspruch erschien mir unauflösbar. Die Logik – messerscharf, bestechend; das Resultat – wuchtig und bestürzend: ein „Adlon“ mitten im Dorf.

21

Das Problem ließ mich nicht los, es folgte mir tags darauf nach Mecklenburg. Während ich wie üblich im Gasthof „Heidekrug“ mein Bier trank und auf die Forelle blau wartete, lockten mich erneut die 25 Seiten. Der Ribnitzer Gutachter hatte seinen Auftraggeber gewiß nicht behindern wollen und einen freundlichen Text erstellt.

Architekten, dachte ich, sind auch nur Menschen. Jetzt bei Tageslicht wirkte sein Werk auf mich gefeilt, perfekt und wasserdicht, wie durch mehrfaches Überarbeiten geglättet, im Rahmen der sprachlichen Möglichkeiten des Verfassers. Das Projekt jedenfalls schien längst in trockenen Tüchern.

Dem erhellenden Vermerk, für das Planungsgebiet sei die Ortsgestaltungssatzung außer Kraft gesetzt worden, folgte ein Bandwurmsatz. Er sagte aus, die Form des Bebauungsplanes erlaube es der Gemeinde „dabei in besonderer Weise, bei diesem für den Ort besonders bedeutsamen

Standort ihrer städtebaulichen Lenkungsaufgabe und dem Gebot der Konfliktbewältigung zu entsprechen und zu einer gerechten Abwägung aller bedeutsamen öffentlichen und privaten Belange zu kommen.“ Dies war ein wichtiger Teil der Präambel, des feierlichen Vorworts in makellosem Amtsstil.

Beim nächsten Punkt, dem „Betreiberkonzept“, stieß ich auf Bekanntes. Da hatte Vera im letzten Sommer doch für ein Kunsthotel plädiert – es hieß bei ihr ART-Hotel und sollte sich durch geschwungene Linien, an Wellen erinnernd, viel Holz und traditionelle Farbgebung einfügen in die Landschaft; dabei durch interessante Skulpturen oder Windobjekte die Blicke auf sich ziehen, drinnen aber, in der Empfangshalle oder einer kleinen Galerie, Bilder der Künstlergenerationen zeigen.

Veras romantische Idee war ebenso in die Planung eingeflossen wie etwas vom Geist des Erlenbach-Entwurfs. Das Hotel werde erfüllt sein mit kulturellem Anspruch, las ich staunend: „Das tradierte Flair des Ortes Ahrenshoop wie auch seine lebendigen Entwicklungschancen auf diesem Gebiet legen das nahe.“ Der Ribnitzer Analyst verlangte dazu ein ortsspezifisches Konzept und schloß: „Das Hotel soll Begegnungsstätte für Jung und Alt werden, vor allem aber für Künstler und Kunstinteressierte und solche, die es werden wollen. Innerhalb und außerhalb des Gebäudes können ortsansässige, aber auch andere Künstler und Kreative ihre Werke, auch Skulpturen und Plastiken, vor allem in Form von Ausstellungen, präsentieren. Im Veranstaltungszentrum sind etwa Künstlersymposien und Vernissagen geplant.“

Mein Fisch kam, da steckte ich den Hefter weg, nun besser gelaunt. Die Briten, sagt man, lachen über eine komische Situation, die Amerikaner warten auf einen lustigen Satz oder Gag, der ihnen das Signal zum Lachen gibt. Ich hatte, zum Befremden des Personals der Gauck-Behörde, vor neun Jahren öfter über meiner Stasiakte gelacht. Weshalb schüttelte es mich jetzt?

Schuld war der Satz vom Grandhotel als Begegnungsstätte für „Kunstinteressierte und solche, die es werden wollen“. Aus ihm sprach Beflissenheit, das lebhafte Bemühen, den Widersachern jeden Wunsch zu erfüllen – bis auf das Tabu: die Größe und Bettenzahl. Niemand konnte mehr behaupten, der Investor und seine wendigen Gehilfen hätten irgend eine Anregung da nicht wohlwollend geprüft. Sie waren so klug gewesen, sich alles, was gescheit klang, einzuverleiben. Es in ihr Konzept hineinzuschreiben, wenn auch nur als Absichtserklärung, eben unverbindlich. — Nicht bloß Hinrichs war ein Schlingel; vermutlich wurde im Dunstkreis der 30 Millionen Euro, die *Baltic Flair* sich den Spaß am Schifferberg kosten ließ, jeder zum Filou.

Wieder am Lenkrad, fragte ich mich, wie es da mit mir selber stehe, meiner Eignung zum Spitzbuben – fähig am Ende, seine Überzeugung zu vergessen? Solch ein Sinneswandel lief oft schleichend ab, fast unbemerkt vom Opfer, das da klammheimlich zum Täter wurde. Nicht immer hatte ich meinen Beruf ganz ernst genommen und übrigens nie geglaubt, wir Kulturschaffenden, wie es einstmals hieß, könnten da Dinge auf dieser Welt in Ordnung bringen. Wir waren allenfalls imstande, sie zu deuten, sie durchschaubar oder doch erträglicher zu machen; und meistens nicht mal das. Oft war es mir, als schreite ich durch Nebel. Manchmal lichtete der sich und es gelang ein Text, der anderen vielleicht half, sich ihrerseits durchs Dasein zu tasten. Leser nicht bloß zu zerstreuen, sie zu amüsieren, sondern ihnen auch Aufschluß und Sicherheit zu geben, ohne sie anzulügen … Das reichte wohl hin.

22

Daheim traf ich keinen an, Vera und Fred waren unterwegs in Sachen Euro-Art, des Dachverbands europäischer Künstlerkolonien. Drei Seiten aus der Lokalzeitung hatten sie mir hingelegt. Aha, die Kampagne ging weiter. Da war ein Bericht der Borner Journalistin Elke Erdmann: Ahrenshooper Kirche feiert mit ihrem Architekten. Professor Hämer, der sie vor gut einem halben Jahrhundert entworfen hatte, dankte am Tag des offenen Denkmals dem Förderkreis für dessen Engagement.

„Doch es gibt ein Aber, das uns alle bedroht, das geplante Grand Hotel am Schifferberg", sagte er herab von der Kanzel, die einst Doris Oberländer-Seeberg aus einer Pappel vom Baugrund geschnitzt hatte. „Es hat ein Gesicht, das die Proportionen von Ahrenshoop, die auch für das Denkmal Schifferkirche bestimmend waren, in ihrem Charakter, ihrer Form und Architektur wie auch in ihrer Größe zerstört." Und er bat die Besucher, mitzuhelfen, das Dorf davor zu bewahren.

Im zweiten Beitrag kam, neben meiner Frau, der Vorsitzende des Förderkreises Ralph Barenbrock zu Wort: „Wenn wie geplant gebaut werden würde, dann wäre der Schifferberg mit einem Klotz verbaut." Vera betonte, daß in den Künstlerorten, mit denen man sich austausche, Hotels in gehobener Preisklasse auch mit 60 oder 70 Betten recht gut liefen … Beide fragten, was mit den vielen Stellungnahmen denn geschehe, die neuerlich eingingen. Nehme man sie diesmal ernst?

Den Kontrapunkt hatte mein Schwiegersohn gesetzt. Mit seiner Autorität als Vorsitzender des Bauausschusses der Gemeindevertretung hielt er fest: „Diesmal ist uns ein guter Wurf gelungen.“ Fast zehn Jahre Streit ums Kurhaus, das öde ihn an, er kenne jedes Argument und habe sich eigentlich heraushalten wollen; doch dürfe man in der öffentlichen Diskussion des Projektes das Feld nicht nur den Kritikern überlassen. Es gehe um 70 Saison- und um 55 Dauer-Arbeitspätze, das bedeute „eine Zukunft für 55 Familien in der Region“. Auch Gaststätten, Brauereien und der Handel würden von dem Grandhotel profitieren, allein an Kurtaxe werde es der Gemeinde 60.000 Euro einbringen. „Nimmt man alle wirtschaftlichen Aspekte zusammen, dann muß man es machen!“

Ich sah ihn richtig vor mir, wie er das zu Protokoll gab, mit raumgreifenden Gesten, emphatisch und vital. Letzten Sommer hatte er’s noch kerniger gesagt: „Das ziehen wir durch!“ Wer konnte ihn stoppen? Diesen Mann hielt keiner auf, denn er hatte eine Vision. In seinen Augen war der Tourismus ein unendlicher Wachstumsmarkt, der sich urwüchsig Bahn brechen würde. Die Menschheit drängte ans Meer. Einzig die Vorstellung, da schlage mal ein Tanker leck und verpeste den Strand, ließ ihn frösteln. Das hatte ihn zum Feind der Idee gemacht, weit abseits der Fahrrinne Windräder ins Meer zu stellen. Schon die an Land kreisenden störten ihn, beschnitten sie doch das Recht des zahlenden Gastes auf unverfälschte Natur. Doch schuf der Ausbau solcher Energiequellen nicht gleichfalls Arbeitsplätze, und nicht viel weniger als die Hotellerie?

Da läutete das Telefon. Ich hoffte auf einen Anruf Veras, hatte aber Hinrichs Stimme hell im Ohr. „Eben hat mich eine Klage aus Köln erreicht“, teilte er nach kurzer Einleitung hastig mit. „Man liest dort auch das hiesige Blatt und merkt, die Querelen nehmen überhaupt kein Ende.“

„Diesmal hab ich damit nichts zu tun.“

„Aber leider Ihre Gattin, Herr Woelk. All das fällt auf uns zurück, wird dem Investor langsam zuviel; es scheint ihn zu verbittern. Offenbar hat er zu Garcón folgendes gesagt: ‚Es ist bedauerlich, daß wir uns dort so schlecht verkaufen. Allerdings weiß ich auch gar nicht, ob es noch was zu verkaufen gibt.‘ Ende des Zitats. Nun, was sagen Sie dazu?“

„Das ist nur seine alte Drohung, die Ruine einfach so stehenzulassen, wenn er den Baukörper und die Bettenzahl nicht durchkriegt.“

„Für mich klingt das anders, nach Enttäuschung über den andauernden Widerstand. Er ist frustriert und erwägt, sich zurückzuziehen.“

„Eben das ist ja der Trick.“

„Ach was, Trick! Sie mögen das souverän von sich schieben, Herr Woelk, doch ich sage Ihnen, unser Ruf ist hin, und das ist gar nicht gut für den Ort ...“ Es mißlang ihm, das Panische aus seiner Stimme herauszuhalten. „Das Eis, auf dem wir uns bewegen, ist so dünn wie noch nie.“

„Wer ist ‚wir‘, Herr Hinrichs?“

„Na, alle in diesem Boot. Sie auch, mit Ihrer Chronik! Wir stehen bei ihm jetzt auf der Shit-Liste ...“

Damit schloß seine Beschreibung des Sachverhalts. Hinrichs in der Bredouille! Die Shit-Liste, welch ein Wort; einprägsam durch das Drastische. In seiner Deutlichkeit hörte es sich amerikanisch an. Nur bezweifelte ich, daß der Investor selbst sich so geäußert hatte. Meine Tochter hatte mir erzählt, er sei ein wirklich feiner Mann.

23

Wie aus heiterem Himmel war mit dem 22. September der Wahlsonntag da. Auf dem Weg zur Strandhalle, dem Wahllokal, sah ich uns recht zersplittert. Vera und Fred würden Grün oder SPD wählen, ich PDS, während für die Geschäftsleute des Clans nur CDU und FDP in Frage kamen. „Udo wählt Rehberg“, sagte Vera. „Mit dem ist er im Fernsehen sogar gesegelt.“

„Er folgt halt seiner Vision: Wachstumsmarkt Tourismus.“

Unser Sohn sagte: „Im Brockhaus steht unter Vision: ‚Gesichts- oder Sinnestäuschung‘. Und eben das ist es – Träumerei! Was wir aber brauchen, ist Nüchternheit.“

Ich sagte: „Er ist völlig nüchtern, auf seine Art.“

„Jedenfalls vor Sonnenuntergang“, sagte Vera.

„Er glaubt an ewiges Wachstum und stetig steigende Gewinne“, sagte Fred. „Deshalb ist er voll im Komplott für das Grandhotel.“

In puncto Kurhaus neigten beide, Fred und Vera, zu Verschwörungstheorien. Ich jedoch fand, um für das Grandhotel zu sein, mußte man keinem Geheimbund angehören. Da genügte es, dem Ruf des französischen Bürgerkönigs von 1830, also auch heutigem Zeitgeist zu folgen: Bereichert euch!

Die Urne bewachte Hartmut Schmidt, unser Kurdirektor, mit großen wachsamen Augen. Als ich meine zwei Zettel einwarf, riet er mir scherzhaft, dabei ein bißchen zu zögern – wie ein Politiker für die Fotografen. Wie mancher aus der Elite des Dorfes war er zur See gefahren und ein humorvoller Mann.

Nun schlich der Nachmittag dahin; das prophezeite Kopf-an-Kopf-Rennen – quälend. Um mir die Zeit bis zur ersten Hochrechnung zu verkürzen, schlug ich nochmal die Schrift „Begründung der Gemeinde“ zum Grandhotel auf und las den Satz: „Architektonisch ist Ausgangspunkt die Vorgabe des Betreibers, daß ein Hotelgebäude als solches erkennbar sein muß.“ Aha. Die rohrgedeckten Häuser meiner Verwandtschaft waren das nicht, wie hatten trotzdem Gäste hingefunden?

„Ein zweiter gestalterischer Ansatz“, hieß es auf der nächsten Seite, „waren die natürlichen Unterschiede, die sich in der Natur der Region finden: Einerseits die feinen, weißen Sandstrände, andererseits die rauen Steilufer … Dementsprechend wird im Inneren des Gebäudes der Kontrast zwischen dem ‚Rauen‘ und dem ‚Weichen/Fließenden‘ allgegenwärtig spürbar sein. Dieser Ansatz beansprucht Geltung auch für die Wechselwirkung zwischen dem großen ‚Solitärgebäude‘ und den deutlich kleineren Gebäuden in der Umgebung. Es findet eine gegenseitige Belebung statt. Mit seinem architektonischen Kontrastprogramm fügt sich das neue ‚Grand Hotel‘ über seine eigenwillige Erscheinung reibungslos in die vorhandene, auch sonst individuelle bauliche Struktur ein."

Geschwafel. Die ärgsten Feinde des Neubaus waren seine beflissendsten Fürsprecher. Fast tröstete mich das hinweg über den Vorsprung der CDU, der eben gemeldet wurde. Weiter unten stand: „Im gleichen Atemzug wurde … der Baukörper weiter beruhigt und eine harmonische Gesamtwirkung erzielt“, womit „das Gebäude den Charakter einer Skulptur, eines Kunstobjekts erhält. Aus dieser Wirkung entsteht im Besonderen der Bezug zum Künstlerdomizil und Geist des Ortes. Der Entwurf entspricht dem selbstbewußten, unverwechselbaren Stil von Ahrenshoop und paßt nur so in dieses Umfeld.“

Hinter mir fragte mein Sohn: „Liest du nochmal diesen Schwachsinn? Der Stoiber liegt vorn, er triumphiert schon!“

„Laß mich arbeiten“, bat ich.

„Das kannst du, an so einem Tag?“

„Ja, stell dir vor!“ rief ich. „Literaten sind halt keine ganz normalen Leute.“

„Das hab ich öfter schon vermutet.“

„Siehst du – sie saufen wie Alexander Fadejew, huren herum wie Henry Miller oder sie erschießen sich wie Hemingway, gezeichnet von Whisky und Depressionen. Gemessen daran kannst du mit mir wohl noch zufrieden sein.“

Wir waren beide gereizt an jenem Abend; nach unserem Eindruck stand zuviel auf dem Spiel. Er ließ von mir ab und strebte zum Bildschirm. Seine Stimme verriet, die Grünen lagen überraschend vor der FDP, die SPD holte ein bißchen auf, hing aber noch immer hinter der CDU zurück. Die stand im ZDF etwas schlechter da als bei der ARD. Für Gerhard Schröder eine böse Zitterpartie. Anders als Edmund Stoiber gab er sich nicht euphorisch, sondern ganz cool. Das Wort vom Fels in der Brandung drängte sich auf. „Es bleibt spannend“, sagte er kernig.

„Der Entertainer“, sagte Fred.

Im Laufe der Nacht erst schälte sich ein Sieg für Rot-Grün heraus. Leider verlor nicht nur Gelb, die Partei der „Happy Few“, sondern auch die PDS. In diesem Land blieb sie stark genug, um Harald Ringstorff im Sattel zu halten, doch bundesweit tauchte sie unter die fünf Prozent. In Berlin büßte sie ihr drittes Direktmandat ein, an dem das Fortleben ihrer Parlamentsfraktion hing. Seltsam, das nahm ihr Ströbele weg, kantiges grünes Urgestein.

Der 63-jährige Anwalt holte das erste Direktmandat in der Geschichte der Grünen, und ich gönnte es ihm. Ströbele war einer der wenigen, die grüne Impulse fortgeführt hatten, anstatt sie abzumildern. Das machte ihn zur Haßfigur auch der Anpasser in den eigenen Reihen. Mit seinem „Nein zum Krieg, Nein zur Korruption, Ja zur globalen Gerechtigkeit“ hatte er's wieder ins Hohe Haus geschafft. Doch eben dies kippte die PDS mit ihrem ähnlichen Programm, und das wiederum minderte Ströbeles Rückhalt im Bundestag. Also ein Pyrrhussieg! Doch immerhin, der Durchmarsch Stoibers fand nicht statt. Wir knipsten den Kasten aus und saßen stumm da, müde und zufrieden.

So beflügelt feilte ich in den folgenden Wochen weiter an meinem Text, immer bestrebt, den Wissensdurst künftiger Leser zu stillen, ohne ihre begrenzte Aufmerksamkeit zu überfordern. Dabei schrieb ich mir so manches von der Seele und fühlte mich hernach wie erlöst. Es gibt keine bessere Therapie.

Als Mitte Oktober der Wind von Nordost zurückdrehte auf West und Schauerböen gegen die Scheiben trieb, gelangte ich zum Schluß. Und zur selben Zeit, welch ein Zufall, näherte ich mich dem Ende meiner Bettlektüre: dem „König David Bericht" des vor zehn Monaten verstorbenen Stefan Heym.

Das 24. Kapitel schloß, sonderbar genug, mit folgenden Sätzen des biblischen Erzählers: „Durch die Gnade des HErrn, gepriesen sei sein Name, habe ich die Gabe, mich selbst beobachten zu können zu zeiten innerer Erschütterung, was sehr nützlich ist, wenn man bei Verstand bleiben will. Und obwohl ich keinen schönen Anblick bot, da ich neben der Sänfte dahinschlurfte, erkannte ich doch auch, wie sehr ich gefangen war in meiner Zeit und außerstande, ihre Begrenzungen zu durchbrechen. Der Mensch ist wie ein Stein in der Schleuder, und wird geworfen auf Ziele, die er nicht kennt. Was kann er mehr tun denn versuchen, daß seine Gedanken ihn um ein weniges überdauern, als Zeichen, als undeutliches, den kommenden Geschlechtern. Ich habe es versucht.

Möge man mich entsprechend beurteilen."

24

Vier Wochen nach den Wahlen, am Sonntag den 20. Oktober, schien die Arbeit getan. Nach gründlicher Durchsicht schob ich die 97 Seiten in ein gefüttertes Kuvert, brachte sie montags zur Post und zehrte drei Tage von der Erleichterung, die solch ein Abschluß mir stets bringt. Die Zeit verstrich ohne Echo. Ich hatte das Manuskript fristgerecht nach Schwerin geschickt, als Einschreiben an die *Multi Consult*; sie saß dort wegen der nötigen Nähe zum Wirtschaftsminister des Landes, um dessen Gunst die Firma lebhaft buhlte.

Da sie stumm blieb, sandte ich ihr mit Freds Hilfe eine E-Mail, in der es lustig hieß: „Die Kurhaus-Story ist ein Produkt der Liebe zur Heimat, doch bitte beachten Sie das Verfallsdatum!"

Keine Antwort. Sollte der Laden schon pleite sein? Die Zeitung sprach von einer Insolvenz-Lawine; das Schweigen wirkte unheilvoll. Immerhin, es gab dort eine Tonbandstimme, die mir anbot, eine Nachricht zu hinterlassen. Beim zweiten Anruf wurde mir durch einen rätselhaften technischen Defekt offenbar die letzte Botschaft zugespielt, die das Gerät gespeichert hatte: Sätze in hastigem Französisch, vielleicht Garcóns Stimme, ich verstand nur ein Wort: „Merde". Mein Ungeschick am Apparat war mir bewußt, vielleicht täuschte ich mich ja oder war in ein fremdes Telefonat geraten. Aber es klang doch verwirrend, ja bedrohlich; irgend etwas stimmte da nicht.

Plötzlich – vier Tage vor dem Reformationstag, meinem Abgabetermin laut Vertrag – stand Hinrichs unangemeldet vor der Tür. Es war der Sonntag, an dem man die Uhr eine Stunde zurückstellen mußte, weil die Sommerzeit endete. „Verzeihen Sie bitte den Überfall", sagte er, triefend von einem Regenguß, der ihn auf dem Weg vom Parkplatz am Supermarkt zu mir erwischt hatte. „Ich habe versucht, Sie zu erreichen, doch es ging keiner ans Telefon."

„So ist es mir auch mit Ihnen ergangen."

„Ja, ich weiß, bei uns ist derzeit der Teufel los", teilte er fahrig mit und schälte sich aus dem nassen Mantel. „Der Kater nach dem großen Börsen-Hype! Das Wahlergebnis war auch nicht nach Wunsch. Die Landesregierung formiert sich neu, keiner weiß, an wen das Wirtschaftsressort fällt – schwankender Boden für uns. Purzelt da auch nur ein Staatssekretär, stehen wir wieder am Anfang. Dazu die leeren Kassen in Schwerin! Man kann dort gar nicht so schnell einsparen, wie die Erträge wegbrechen; und kein Anzeichen für eine Besserung. Mein Partner traut sich da kaum noch hin. Außer dem Hausmeister geht vielerorts bloß noch die Angst um."

Es gelang mir, seinen Redeschwall zu stoppen und ihn mit einem Aperitif zu beruhigen. Geplagt von diesem Schulterzucken, setzte er sich und zog aus der feuchten Kollegmappe ein Bündel: mein Manuskript. Es sah so mitgenommen aus, als habe man es heftig durchforstet. „Herr Woelk", sagte er recht förmlich, „ganz so geht es nun mal nicht. Der Dr. Garcón, das muß ich Ihnen offen sagen, ist von dem Resultat Ihrer Tätigkeit enttäuscht."

„Was stört ihn denn daran?"

„Ich möchte meinen, das wissen oder ahnen Sie schon selber. Er hat mir erklärt: ‚Das sprengt alle Maßstäbe. Die Quelle der Motivation eines Chronisten darf nicht die Freude an der Selbstdarstellung sein. Vielmehr sollte sie dem Wunsch entspringen, dem Unternehmen, das dahinter steht, die beste Zukunft zu sichern.' Das hab ich schriftlich von ihm, es sind genau seine Worte."

„Das heißt, er weigert sich, die Arbeit anzunehmen?"

„In der vorliegenden Form – ja, durchaus; bedauerlicherweise. Vielleicht aber gelingt es uns jetzt noch, etwas zu retten."

„Wie soll das gehen?"

„Durch Streichung oder Entschärfung etlicher Passagen. Das meine nicht nur ich. Wir, mein Partner und ich, wir sind den Text gemeinsam mehrfach durchgegangen. Wir schlagen Ihnen zum Beispiel vor, den Brief dieses Peter Bender wegzulassen. Des weiteren …"

Er klappte einen schmalen Block auf, dessen längliche Blätter offenbar seine Mängelliste enthielten. Die tölpelhafte und zugleich penetrante Art, wie er daraus vorlas, erinnerte mich an die gespielte Naivität des amerikanischen Fernseh-Ermittlers Columbo. Seine Streichwünsche nahmen gar kein Ende. Ich merkte, es blieb kaum noch etwas übrig von dem, was im geringsten gegen das Grandhotel sprach. Im stillen gab ich mich geschlagen und hörte nicht mehr zu.

Doch dann erwachte ein Geschäftssinn, der mir in fünfzig Berufsjahren zugewachsen war, und ich fing an, mich zu wehren. „Ihrem Auftraggeber mißfällt also das reale Für und Wider, das ich da eingefangen habe. Er will keinen Widerspruch hören, der erreicht ihn überhaupt nicht mehr …“

„Ja, der steht ihm bis hier!“ Er legte die Finger ans Kinn.

„Aber nur, wenn wir etwas davon bringen, lebt die Chronik! Nur so wird sie wahrhaftig und kriegt den von ihm gewünschten Biß.“

„Sie beißt in die Hand, die füttert“, sagte Hinrichs mit steifer Oberlippe und einer Festigkeit, die ich ihm nicht zugetraut hatte.

Das Gespräch nahm duellhafte Züge an. „Schön, Garcón verweigert die Annahme. Aber abgeliefert habe ich, also immerhin – die zweite Rate des Vertragshonorars steht mir zu.“

„Seien Sie froh, wenn er Ihnen erlaubt, die erste zu behalten“, erklärte Hinrichs verblüffend unverschämt. „Er könnte nämlich die Rückzahlung einklagen. Sein Anwalt hat das Manuskript Satz für Satz abgeklopft. Der rät ihm, Ihnen arglistige Täuschung vorzuhalten, und zwar von Anfang an, weil Sie niemals vorhatten, auch nur neutral zu sein – unvoreingenommen gegenüber dem Grandhotel.“

„Meine Haltung war Garcón bekannt. Die hab ich ihm auf Usedom selbst erklärt.“

„Es ist ja auch noch mehr, Herr Woelk: Da sind Sarkasmen, Verbalinjurien, üble Nachrede und, was seine Mutter betrifft, die angeblich illegitime Tochter einer Hoheitsperson, Herabsetzung des Andenkens Verstorbener nach Paragraph 189 Strafgesetzbuch. Da kämen dann etliche Tatbestände in diversen Begehungsformen auf Sie zu."

„Langsam, langsam! Sind Sie beauftragt worden, mir zu drohen?"

„Keineswegs. Garcón handelt rational, ihm liegt nichts an einem Prozeß. Er würde es lieber sehen, wenn wir uns arrangierten. da muß man halt durch! Und falls Sie sich weigern, den Text umzuschreiben, ist er so fair, Ihnen den gegen Zahlung der zweiten Rate abzunehmen. Er würde dann jemand anders auf der Basis Ihres Entwurfs mit einer Neufassung betrauen."

„Sie oder Herrn Labusch?" Ich war perplex und fühlte mich überrollt. Es schien zu laufen wie beim Film, wenn der Studioboss noch einen Autor bemüht, weil der erste das Drehbuch nicht richtig hinkriegt.

„Nein, einen Mann von vergleichbarer Reputation. Keine Ahnung, wer es sein wird. Sowas regelt schon der Markt. Sie wissen ja, viele Autoren suchen momentan ihren Weg; manche haben aber nicht mehr viel Zeit, ihn zu finden." Er schob das Manuskript in die Kollegmappe zurück und stand auf. „Es tut mir ehrlich leid, daß unser Zusammenwirken nun doch recht schmerzlich endet."

„Schmerzlich? Wie kommen Sie darauf?"

„Ja tut es denn nicht weh, mit der dritten Rate Ihres Honorars auch all die Anschlußaufträge zu verlieren, die Ihnen schon sicher waren?"

„Das läßt sich gerade noch ertragen", sagte ich auf dem Weg zur Tür.

Er sah mich ungläubig an, blinzelnd wie einer, der aus dem Keller der Geschäftswelt oder aus dem Maschinenraum der Macht ans Licht gezerrt wird, und der dort unten zuviel gesehen hat, als daß er noch an Sitte und Anstand glauben könnte. „Ich habe verstanden“, sagte er halblaut. „Sie lassen sich von keinem was vorschreiben. Es geht Ihnen nicht zuerst ums Geld. Nur, mit dieser Einstellung bringt man seine Familie nicht durch.“

„Meine ist nicht sehr anspruchsvoll.“ Ich hielt ihm den Mantel hin. „Und schließlich war's eine neue Erfahrung für mich. Die ist es übrigens wert, mal erzählt zu werden.“

Er blieb stehen, die Klinke in der Hand. „Falls Sie das, was geschehen ist, literarisch verwerten möchten, Herr Woelk. — Bei allem Respekt, da laufen Sie Gefahr, die Wirklichkeit zu verzerren.“

„Ach ja? Sie meinen, die Wirklichkeit ist noch schlimmer?“

Hinrichs atmete tief durch, die Mappe in seinem Arm klapperte, da er versäumt hatte, sie zu schließen. „Jedenfalls wäre es ratsam, die beteiligten Firmen und Personen zu anonymisieren. Ihnen muß man ja nicht sagen, weshalb.“

„Mal sehen, was sich da tun läßt“, sagte ich und lieh ihm meinen Regenschirm. Den versprach er, zurückzubringen, wenn er demnächst mit dem Scheck kommen würde. Als wir uns am Gartentor die Hand gaben, prasselte der nächste Schauer los. Geduckt tauchte Hinrichs durch graue Schleier und verschwand, nach meinem Gefühl für längere Zeit.

Drinnen fragte mein Sohn: „Die nehmen's also nicht?“

„Doch, als Steinbruch. So ist es ihnen nicht neutral genug.“

„Zwischen Kunst und Kommerz kann es niemals Neutralität geben, Sascha. Höchstens Kumpanei. Ich bin froh, daß du das los bist.“

Vera wollte wissen, was denn aus dem Honorar nun werde. Ich erklärte es ihr, und Fred sagte: „Wir werden also nicht sterben."

„Irgendwann schon", sagte ich, „aber nicht gleich."

An diesem Punkt angelangt, finde ich, daß mir nichts mehr zu berichten bleibt. Machen wir's kurz, wenn es auch schwer fällt. Wer wissen will, wie es weiterging mit unserem Kurhaus, der mag den Bürgermeister fragen, in die Zeitung oder auf den Schifferberg schauen.

An jenem Nachmittag schwiegen wir lange. Für den Fortbestand einer Beziehung, wenn sie schon vierzig Jahre währt, muß man ja eine Menge tun; und beide waren wir's nicht mehr gewöhnt, sich immer ernsthaft um den anderen zu bemühen. Wie zum Abschluß des stummen Gesprächs legte Vera den Kopf an meine Schulter, und ich streichelte sanft ihr schönes Haar. So blieben wir beieinander, und ich spürte eine große Zärtlichkeit.

Weitere Bücher sind portofrei beim Autor bestellbar:

Krimi-Wendetrilogie vom Fischland
UNABWENDBAR, 7,00 €
NEBEL, 8,00 €
DAS QUARTETT, 7,00 €

Schlüsselroman aus dem Hochschul-und Literaten-Milieu der DDR
DER SECHSTE SINN, 7,00 €

Roman über einen Hilfskreuzer im I. Weltkrieg
DIE BEUTE, 8,00 €

Roman aus den USA der 80er Jahre
ENDZEIT DER SIEGER, 7,00 €

Karibik-Thriller
DER MANN AUF DEN KLIPPEN, 7,00 €

Dreizehn erotische Geschichten
ALPTRÄUME, 5,00 €

Wolfgang Schreyer
18347 Ostseebad Ahrenshoop
Niemannsweg 1
Telefon (03 82 20) 4 98